# 野口雨情
# そして啄木

井上信興

「船頭小唄」

おれは河原の　枯れすすき
同じお前も　枯れすすき
どうせ二人は　この世では
花の咲かない　枯れすすき

溪水社

# 目次

# 野口雨情そして啄木

# はしがきに代えて―論考解説―

「野口雨情」断章

私はここ二十数年啄木について書き続けてきた関係で、心にかかりながらも野口雨情について調べる機会がなかなかこなかったのです。

昨年「続終章石川啄木」を出版し、一応啄木は措くとして、昨年暮れから雨情の研究に入りました。なぜ雨情かと言いますと、啄木と雨情との会話から、雨情という人物の善悪どちらが実像なのかを判断しかねたため、一度それを明らかにしたいというのが動機でした。

しかし調査してみると、彼には予想外に多くの要項があり、これを一本の論考にまとめるのは、今の私には至難であることがわかり、数日考えた結論は、断章風の形式を採用してはどうかということでした。つまり各要項を並列に並べ、それぞれに私がコメントを付けるということです。この形式は私にとっても初めての試みですが、これならば私も書きやすいし、読者にとっても、長々だらだらとした論考を読まされるよりは、このほうが頭にも入りやすいのではないかと思うのです。したがって私はこの一文を書きましたが、読者に材料を提供し、読者各自でそれぞれの雨情像を描いていただけば資料提供者としては満足です。

## 啄木と野口雨情

雨情を語る場合、どうしても啄木と過ごした「小樽日報」時代を避けて通ることは出来ないでしょう。札幌、小樽時代に限ってとりあげました。この中には、私が雨情研究に入る切っ掛けとなった私にとって重要な雨情の発言があります。

## 童謡「青い眼の人形」と「赤い靴」

この二作で、「青い眼の人形」については問題がないのですが、「赤い靴」については問題が出たのです。「赤い靴」には君子というのがそのモデルだというのです。このことが「北海道新聞」への投書によって俄然問題となり、当時「北海道テレビ」のプロデューサーだった菊地寛氏が関心を示し、この少女に関係ある土地を精力的に調査し最後はアメリカへまで飛んでいます。しかしこの調査結果にも少々疑問点のあるのは事実でした。ごく最近昨年末に阿井渉介著「はいていなかった赤い靴」という著書が出版され早速読んでみましたが、詳細な調査結果でことごとく菊地説を否定する内容でした。しかし両氏には悪いのですが、私は童謡などというものの歌詞にモデル探しなどは必要ないものだと思っているのです。作者はほとんど空想で書くことが、多いと思うからです。

## 啄木と函館

啄木にとって函館はきわめて重要な位置を占めていると思います。彼がもし他の土地に移転した場合を考えると、歌集にかなりの影響をもたらしたのではないかと思うのです。

というのは、巻頭の十首は大森浜と砂丘が題材であり、「忘れがたき人々」一は、函館から札幌、小樽、釧路と流浪した際の歌で、数々の秀歌を含んでいますし、その二はご承知のように橘智恵子を歌った二十二首で、これらの秀歌を失った場合を考えると、歌集『一握の砂』の魅力は半減すると思いますので、これではたして啄木が現在の国民的歌人などといった名声を勝ち取ることが出来たかどうか、おそらく出来なかったのではないかと私は考えるのです。それに啄木生涯の経済的支援者、宮崎郁雨は特記さるべき存在でしょう。

これらは皆、彼が函館に来たからこそ獲得できた財産だと思うのです。ひとこと付け加えたいのは、函館の友人達が啄木に与えた支援というのは、啄木が有名になってからではないということです。彼の名声が世に出てから、あれこれするのとは訳が違うのです。

## 小説「漂泊」の原風景は何処か

前稿と重複する点が多いので恐縮なのですが、あやまった場所を原風景とし、それを信ずる読者が出たのでは啄木学のためにならない、といった観点からこの件だけ独立させて書くことにしたのです。

西脇氏は以前からその原風景として「住吉海岸説」を主張してこられているのですが、私にはその理由がさっぱりわからないのです。

それは証拠になる事項を全くのべずに立論しているからで、これでは自分がそう思うといっただけのことで、説得力はありません。私は「新川河口説」をとっていて、明確な理由を提示しての主張ですから、読者にも了解されるものと確信しています。

我が愛唱歌集『一握の砂』より

啄木歌集『一握の砂』から秀歌ということではなく、私の好きな歌三十首を選出して感想を述べました。

三枝昂之氏の「東海歌」について

この件について私は前著『続終章石川啄木』で佐藤勝氏が書かれた拙著の書評の中で、三枝氏の「東海歌」の説を披露されていたので、それに対して私の考えを述べましたが、その後三枝氏が私の反論を読まれて再び「東海の歌」について発表されたので、私もまた自説を述べることにしたものです。

「東海歌」に関する「三枝説」と「李説」

この歌に対して韓国籍の李御寧《イーオリョン》著『「縮み」志向の日本人』という書物があります。

実はこの本の中に「東海の歌」について書かれていまして、三枝氏が述べられている、ズームインして次第に小さくなって行き最後は蟹や涙になる、というこの思考は李氏の記述と全く同一なのです。李氏の著書は昭和五十九年十月、講談社文庫として出版されたものを私は読んだのですが、三枝氏が「李説」に同感されて自説にされたのか、全く独自の思考だったのかについては、ご本人に確かめないと私にはわかりません。しかしどちらにしても私はこの説には反対です。

西脇巽著『石川啄木東海歌二重歌格論』

この著書については拙著『続終章石川啄木』で、当時体調不良のため、その中の一章だけについて感想をのべましたが、ただの一章だけではいかにも少ないので、気にはなっていたのです。それで体調と相談しながら再び書く気になったのがこの文章ですが、なにしろ私に対する悪言が多く、私はその点については一向にかまわないのですが、そんなことにエネルギーを費やすより、私がすべて同感出来て反論など書かせないような論考に力を入れてください。私が異論についてすべて反論しているのは、なにも個人攻撃をしているわけではありません。啄木学の発展のためにと考えているのです。いろいろの違った考えが出てくることが大切だと思っているからです。またの機会があればまた書いてみたいとは思いますが、ここ暫く啄木は休み、「野口雨情」の研究をするつもりですから、啄木については、近々ということには多分ならないでしょう。

以上

# 論考

# 「野口雨情」断章

## 一、雨情と故郷

野口雨情は茨城県多賀郡北中郷村磯原（現・北茨城市）で、明治十五年五月二十九日、父量平、母てるとのあいだに長男として生まれ、本名を英吉と言った。野口家というのは河内の豪族楠氏の流れを汲むこの地方では名門の家柄であった。楠氏びいきだった水戸光圀は、磯原に一亭を設けて休息所とし、「観海亭」と名付けてしばしば滞在したという。ここが後に野口家に与えられて野口家の屋敷になったのである。したがって、写真でみるとかなり立派な屋敷のようだから、住民が御殿といって別格扱いをしたのも尤もだと思う。彼の母てるは長男英吉を溺愛したと伝えられているから、この点啄木の母かつと類似していると思う。

彼のその後の経歴を記しておくのが雨情という人物の全体像を知るうえで便利だと考

えるので、本来は最後尾につけるべきだと思うが、この論考は雨情の人間的特徴を断章風に綴ることを目的にしている関係上そうした体裁をとることにした。

## 二、雨情の略年譜

明治二十二年磯原尋常小学校へ入学。

明治二十六年豊田高等小学校に入学。

明治三十年上京し、伯父野口勝一宅から神田の中学校に通学した。

明治三十四年四月、二十歳にして早稲田大学の前身である東京専門学校に入学し、同級に小川未明もいて、一時下宿を共にしたという。

明治三十七年一月、父量平が死去したため心ならずも、その年八月、故郷の家を守るために帰郷を余儀なくされたのである。

明治三十七年十一月、栃木県喜連川町の豪家高塩家の娘ひろと結婚した。野口家、高塩家ともにその地方では格式の高い家柄であったから、この結婚は妥当なものであっただろう。しかしこの結婚は長くは続かなかったのである。妻ひろとの性格の相違に原因があったようである。

明治三十八年三月、詩集「枯草」を出版、その時雨情二十四歳であったが、詩は十八歳頃から新聞雑誌に発表していたし、特異な詩風が一部では評価されていた。

明治三十九年四月、「われ故山を去る」という一書を残し家を出て栃木県の知人宅に身を寄せる。七月、単身樺太に渡る。これは特に当てがあったわけではなかった。こうした放浪癖というあたりは啄木と類似しているようにも思う。樺太のコルサコフ楠渓町に泊まった宿の主人に仕事について相談したが、主人は雨情の体をみて、到底労働のできる体格でないと判断し、ただ宿張に書いた字が綺麗なので、帳場を当分やらせてもらうことになった。四ヶ月後の十月には樺太を去っている。

明治四十年七月、北海道に渡り、札幌の「北鳴新聞」に入社した。当時、小国露堂や石川啄木も札幌の新聞社にいたが、九月、雨情は露堂の下宿で初めて啄木に会った。十月、露堂の口利きで雨情は啄木と共に「小樽日報」の創刊に参加した。だが、主筆排斥運動に関わり、計画が露見したことから、十月、同社を退職した。

明治四十一年九月、「読売新聞」に野口雨情が札幌で客死したとの記事が出る。だがこれは誤報で、当時「北門新報」の野口という広報部長の死亡が誤り伝えられたものであった。しかし啄木は誤報とは知らずに長文の追悼文を書いている。

明治四十二年六月、「胆振新報」に入社するも、ほどなくして、旭川市の「北海旭新聞」に移籍する。しかし啄木同様なかなか一ヵ所に定着できず、十二月、北海道を去り故郷に帰る。

明治四十四年四月に上京し、有楽社に入社して編集を担当する。郷里に残していた妻子と母をよびよせる。八月、当時皇太子だった大正天皇の北海道巡啓に際し、報道記者として渡道した。九月、母てる死去。十月、帰郷して植林の事業に従事す。

大正四年五月、妻ひろと協議の上離婚が成立したため、六月、雨情は二児を連れて（いわき市常磐）湯本の芸妓置屋、柏屋の明村まち方に同居した。

大正七年十月、中里つると結婚。二児をかかえての生活であったから、早急に伴侶を必要としていたのだ。名作「枯れすすき」はこの頃の作である。この歌は後に題名が改題されて「船頭小唄」となったが、この歌によって雨情の名は全国に広がった。

大正八年五月、詩集『都会と田園』の出版を計画、上京して一ヶ月滞在した。

大正九年六月、単身上京して、「金の船」に入社し編集を担当する。社主の斎藤佐次郎氏との親交を得た。八月、巣鴨折戸に居を構え水戸から家族を呼びよせる。十一月、本居長世の作品発表会が有楽座で開催されたが、雨情の「十五夜お月さん」がおおいに好評を受け、これを契機として歌う童謡が盛んになった。

大正十年二月、民謡集『別後』を刊行した。三月、雨情は、北原白秋、西条八十と共に童謡雑誌「とんぼ」を創刊した。この頃、「枯れすすき」を「船頭小唄」に改題した。六五月、雨情が中心となり、児童文化研究会「おてんとさん社」が仙台に結成された。六月、日本民謡の基金募集の目的で、女子音楽学校で民謡講演と音楽会を開催した。九月、巣鴨宮仲に移転す。十一月、自書した童謡「千代田のお城」を澄宮殿下に献上した。十二月、「童謡作法問答」と、長編童話「愛の歌」を刊行。

大正十一年二月、新童謡楽譜『ポチの学校』を刊行。三月、評論『童謡の作りやう』を刊行。六月、「金の船」を「金の星」に改題した。十一月、童謡少女小曲第二演奏会が小石川高等師範学校で開催され講演した。童謡曲集『人買船』を刊行。澤田順介映画制作所の作詞顧問として、映画「さすらいの少女」の主題歌を作成。大分県の大分、延岡、高鍋、宮崎、小林の各地で開催された講演や演奏の会で講演をした。

大正十二年一月、九州地方を十数日かけて講演旅行に参加した。三月、評論集「童謡十講」を刊行。四月、民謡小曲集『沙上の夢』刊行。五月、茨城県岩井小学校で講演する。六月、大阪中ノ島公会堂で、童謡について講演した。七月、評論集『童謡教育論』を刊行。十月、評論集『童謡と児童教育』を刊行。

大正十三年一月、民謡集『極楽とんぼ』と、評論集『童謡作法問答』を出版する。日本女子高等学院主催の講演会で、「童謡の価値」について講演。三月、武蔵野吉祥寺に移転し、ここを「山都小路」と命名して「童心居」を建てる。四月、友人二人と朝鮮の各地を講演して巡った。五月、評論集『民謡と童謡の作りやう』を刊行。六月、童謡集「青い眼の人形」を刊行。翌七月、民謡集『雨情民謡百篇』を出版した。十二月、満鉄の委嘱で、満州から蒙古方面を旅行した。

大正十四年二月、民謡集『のきばすずめ』を刊行。五月、「日本作歌協会」を設立。七月、評論集『童謡と童心芸術』刊行。十月二十三日、「第一回児童芸術作家連合懇親会」が日比谷、松本楼で開催された。

児童の村主催の「民謡と舞踊の会」で、また足尾鉱業主催の「詩と音楽の会」でも講演をした。

大正十五年二月、民謡研究会で「民謡の生まれる動機について」を講演。六月、民謡集『おさんだいしょさま』と、童謡集『蛍の灯台』を出版した。八月「民謡紀行」を

「東京日日新聞」に連載。九月、三度目になるが、満州各地をめぐり、蒙古へも旅行した。

昭和二年四月、作曲家中山晋平、佐藤千夜子らと共に台湾に旅行した。七月、学年別『童謡教本』小学一、二、三、四学年用、を刊行。

昭和三年一月、「日本民謡協会」を設立。文部省「仏教音楽協会」の評議員となる。三月、野口雨情監修、一、二年用の『童謡読本』を刊行。五月、同、三—六年用の『童謡読本』を刊行。八月、『野口雨情民謡叢書』を刊行。九月、評論集『児童文芸の使命』を刊行。

昭和四年十月、歌謡集『波浮の港』をビクター出版より刊行した。十二月、「石川啄木と小奴」を「週刊朝日」に発表す。

昭和五年、一月、小倉における講演会で啄木について語る。佐々木すぐる作曲『満州前衛の歌』を青い鳥社より刊行。

昭和七年六月、稲垣浩監督の映画「旅は青空」の主題歌を依頼されて作成する。

昭和九年七月、満鉄からの招聘で満州に渡った。

昭和十年十二月、「日本民謡協会」が再開され、理事長に就任。

昭和十一年八月、民謡集『草の花』を新潮社から発刊した。

昭和十三年、朝鮮各地を巡る。

昭和十四年六月、雑誌「懸賞界」主宰の歌謡詩壇の座談会で歌謡について語る。十二月、台湾各地を巡歴する。

昭和十五年七月、北海道旅行。札幌、旭川、層雲峡などを巡る。八月、再び渡道、釧路、弟子屈地方を巡った。

昭和十六年、熊本県各地を旅行。

昭和十七年、長崎県及び鹿児島県の各地を巡歴した。

昭和十八年二月、童謡集『朝おき雀』を鶴書房より出版。四月、山陰方面を旅行。九月、四国地方と、京都府下を巡る。

昭和十九年一月、宇都宮市外鶴田の羽黒山麓に疎開して脳軟化症を患い、病気療養生活に入る。

昭和二十年一月二十七日、数え歳六十四歳で永眠した。


雨情の年譜を一瞥して思うことは、出版した図書の多いことや、後半はとくに旅行の多いことで、蒙古、満州、台湾など、現代なら左程ではないだろうが、明治大正の時代を考えると、大変な大旅行であったと思われる。旅行の多いのは地方からの童謡に関する講演の依頼が多くあったこともその一因にはなった。彼は一箇所に落ち着くというよりは、動くことを苦にしないといった性格の所有者であったようだし、その旅先で作詩の材料を得る機会にもなった。

（この年譜は主として「金の星社」発行の「野口雨情伝」のものを参考にさせて頂いた。）

## 三、雨情と国民的冠称

国民的という冠称を与えられている文学者は、一般的にいって歌人としての石川啄木と、詩人の北原白秋の二名であった。だが私はもう一人この冠称に値する詩人を加えるべきだと思う、童謡および民謡作家としての野口雨情である。我々は子供の頃から、雨情の童謡、例えば「あの町この町」「七つの子」「赤い靴」「十五夜お月さん」「青い眼の人形」「シャボン玉」など、まだまだあるが、こうした童謡を聴いたり、歌ったりしなかった子供はなかったはずで、これらの歌で私たちは育ったといっても過言ではない。子供だけではない、大人達にしても、「船頭小唄」や「波浮の港」などを知らない人はないだろう。つまり子供から大人まで雨情の歌がしみついているのである。こうした詩人こそ国民的という冠称に相応しい人物だと私は思う。したがって国民的という冠称はこの三名に与えられるべきだと私は考えるのである。

## 四、雨情とその作品

雨情の作品といえば、詩もあるが民謡と童謡とによって彼の名は不滅のものとなった。作品はかなりの量にはなるが、一般に知られているものはそう多くはない。その中から私が人々によく知られている作品、八点を選出して解説を試みることにした。他に、これは一般的にはあまり知られていない作品だと思うが、私は、雨情の詩は無論文句なく優秀だが、童謡などというものは、基本的に歌うという要素が必要なものであるから、曲が重要であることは云うまでもない。その点雨情は中山晋平や本居長世という良い作曲者のコンビを得て始めて、彼の童謡が名作になったものと私は思っている。本居長世と中山晋平の作曲がその大部分を占めている。詩と曲がマッチしなければとうてい名作には成りえないのである。では野口雨情の名作童謡と民謡について述べる

「七つの子」

烏　なぜ啼くの
烏は山に
可愛七つの
子があるからよ

可愛　可愛と
烏は啼くの
可愛　可愛と
啼くんだよ

山の古巣に
行って見て御覧
丸い眼をした
いい子だよ

カラスという鳥は一般的にいって、色は黒く、鳴き声も下品で、そのうえ、街にきて塵をあさるという、人々からは嫌われている鳥であろう。しかし雨情は違っていた。彼はこの嫌われる鳥を詩にしているのである。しかも愛情をもって書いている。あの「カアカア」といった美しくもない泣き声を「可愛、可愛」というのである。このあたりに私は常人と違った雨情という詩人の独特の感性と、すべてのものにそそぐ愛情を感ずるのである。彼はこの詩について、「童謡と童心芸術」という文章の中で、つぎのように説明している。「静かな夕暮に一羽の烏が啼きながら山の方へ飛んで行くのを見て少年は友達に『何故烏はなきながら飛んでゆくのだろう。』と尋ねましたら『そりゃあ君、烏はあの向ふの山にたくさんの子供たちがゐるからだよ、あの啼き声を聞いて見給へ、かはいかはいと、いっているではないか、その可愛い子供たちは山の巣の中で親がらすの帰りをきっと待っているに違ひないさ。』というような気分をうたったのであります。」という。研究者の中には、「七つ」というのは七歳ということであれば、カラスは大体七、八歳しか寿命がないから、七歳というのは子供ではない、とか、「七つ」は七羽を意味するのであれば、カラスは普通四、五個多くても五、六個しか卵を産まないから七羽も子供がいるのはおかしい、といった批判をする人もあるが、詩というのは科学ではないから、何も真実を追究する必要はない。詩は作者が必要とする言葉を選択すればいいのであって、こうした批判は無意味であろう。この「七つの子」は雨情の作品中名作の一つである。本居長世が作曲して大正十年「金の船」七月号に発表された。

「赤い靴」

赤い靴　はいてた
女の子
異人さんに　つれられて
行っちゃった

横浜の　埠頭から
船に乗って
異人さんに　つれられて
行っちゃった

今では　青い目に
なっちゃって
異人さんのお国に
いるんだろう

赤い靴　見るたび
考える
異人さんに逢うたび
考える

この作品は読んでゆくと順次頭に入ってくる歌詞で、考える必要のない素直な歌だと思う。「今では青い目になっちゃって」に彼の詩人としての感性を見る。

雨情は「童謡と童心芸術」の中で、「この童謡は『青い眼の人形』と反対の気持ちをうたったものだ、」といい、「日本からアメリカへ渡った女の子にたいする、あわれむ気持ちを見逃さぬようにしてほしい、」といった意味のことを述べている。また詩人大岡信は「定本野口雨情第三巻」の解説で、この童謡は、「強奪される女性、買われてゆく女性という性的な意味あいを暗示している。」という。こうした読みもあるとは思うが「女の子」から私は子供を連想するので、大岡説には同調できない。実はこの歌にはモデルが実在しているという説が有力で、岩崎きみという少女だという。事情があって、アメリカの宣教師夫妻の養女に出された。この話を雨情が童謡に仕上げたというのだが、事実は違っていた。少女はアメリカには渡らず、東京都港区の鳥居坂教会の永坂孤児院で九歳というはかない命を病気で絶たれたという。初出は、「小学女性」大正十年十二月号。本居長世が作曲した。従来このモデル説が定説のようになっていたが、これに対して、最近強烈な反論が出た。したがってこの童謡については、稿を改め、別項で私見を加えて述べることにしたい。

「青い眼の人形」

青い眼をした
お人形は
アメリカ生れの
セルロイド

日本の港へ
ついたとき
一杯涙を
うかべてた

「わたしは言葉が
わからない

迷い子になったら
なんとしょう」

やさしい日本の
嬢ちゃんよ
仲よく遊んで
やっとくれ

「赤い靴」とこの「青い眼の人形」はともに異国を題材にしているが、雨情は、故郷とか土といった田舎をこよなく愛した詩人であるから、異国物を童謡に持ち込んだのは珍しいといえる。この歌には雨情のやさしい想いが遺憾なく出ていると思う。作曲は本居長世が担当しているが、初出は大正十年「金の船」十二月号である。この年十一月に、この歌は長世の次女貴美子の舞台デビューでも歌われ、彼女の歌声にすっかり感動した雨情は銀座の資生堂で香水を買って貴美子に与えたというほほ笑ましいエピソードも残っている。また、長世の曲がセンチメンタルだとして、非難した者もいたというが、この歌が多くの人々によって歌われている事実は、詩と曲がマッチしていることを示すもので、センチメンタルであろうとなかろうと、非難される理由はないと私は思う。

「十五夜お月さん」

十五夜　お月さん
御機嫌さん
婆やは　お暇《いとま》　とりました

十五夜　お月さん
妹は
田舎へ貰《も》られて　ゆきました

十五夜　お月さん
母《かか》さんに

も一度　わたしは　逢ひたいな

この歌の初出は大正九年九月「金の船」に発表された。作曲は本居長世である。この童謡の評価は高く、雨情の代表作の一つとなっている。雨情はこの歌について「お母さんがなくなってしまったので、小さい妹は遠い田舎へ貰われていってしまったし、婆やもお暇をとって国へかえってしまってからは、自分一人がその後に残された淋しさを唄ったものです。」と述べている。当時雨情は妻ひろと協議離婚をしていて、子供二人を抱えていたが、男の子は時々母の許へ走ろうとしたり、女の子は母恋しさに泣くといった有様で、彼も困りはてて離婚した妻に、二人の子供を預けたのである。このとき雨情は母と子の結びつきがいかに強固なものであるかということを身をもって感じとったのではなかったか。こうした自身の体験がこの歌の背景になっているようにも思うのである。

「四丁目の犬」

一丁目の子供
駈け駈け　帰れ
二丁目の子供
泣き泣き　逃げた
四丁目の犬は
足長犬だ
三丁目の角に
此方向いて居たぞ

初出は大正九年。「金の船」三月号に「四丁目の犬」と「葱坊主」の二作を発表した。作曲は本居長世が担当しているが、これが雨情と、本居のコンビが成立した最初の作品となった。この童謡は一般的にいって、よく歌われているとは思えないが、専門家の評価は高いのである。詩人サトウハチローは、「ボクはこうゆうウタならおじぎをします。」と、サトウらしい賛辞を述べている。雨情は「童謡と童心芸術」の中でこの歌について、「よく吠えるあの四丁目の犬が三丁目の角でこっちのほうを見ているから、一丁目の子供たちも二丁目の子供たちも、吠えられないうちに急いで家へかえんなさいという町中でよくあるこうした事をうたったのであります。」と言っている。大変面白い発想であり、私もこの童謡を評価する一人である。

「千代田のお城」

千代田のお城の
鳩ぽっぽ
鳩ぽっぽ　ぽっぽと
啼いてたよ

千代田の　御門の
白い壁
千代田の　お濠の
青い水
鳩ぽっぽ　ぽっぽと
啼いてたよ

この歌の初出は、大正十年「金の船」一月号である。作曲は藤井清水《きよみ》が担当した。雨情はこの歌について、「童謡と童心芸術」の中でつぎのように述べている。「春のうららかな日に大内山の木立のなかからきこゆる鳩のなき声や、二重橋の御門の白い壁やお濠の青い水や、言い知れぬ神々しさを感じられるのであります。」という。だが私は、この歌詞から彼のいう「神々しさ」などまったく感じないし、雨情の歌詞としては平凡で、いつもの冴えがないと思う。

なのに、ここにわざわざ取り上げたのは別の理由からである。そのわけというのは、この歌を彼は、大正天皇の皇子である澄宮、後の三笠宮に捧げたのである。作曲者、本居長世の祖父が、大正天皇の教育係であったというから、そうしたつてで実現したのかもしれない。以上の事情があったからかどうかわからないが、しかし常識的に考えれば、宮家からの依頼があり、何か童謡を献上してほしいという当局からの通知によって献上したと考えるのが素直なのかも知れない。その後雨情は大正十五年に澄宮殿下の御前講演を依頼されたが、悲しいことに正装の衣服を持たなかったので友人たちが用意してやった。自作の童謡を「雨情節」とか「自由独唱」とも言われる独特の節回しで歌い、殿下は大変喜ばれたという。雨情以外の作家で、自作の童謡を殿下に献上した者はたぶんないと思う。そうした意味において、「千代田のお城」という作品は彼にとって重要な作品となった。

「波浮の港」

磯の鵜の鳥ャ

日暮れにャ帰る
浪浮の港にャ
夕焼け小焼け
明日の日和は
ヤレホンニサ　凪るやら

船もせかれりゃ
出船の支度
島の娘達ャ
御神火暮し
なじょな心で
ヤレ　ホンニサ　いるのやら

島で暮らすにャ
とぼしうてならぬ

伊豆の伊東とは
　郵便だより
下田港とは
　ヤレホンニサ　風だより

風はしほかぜ
　御神火おろし
島の娘達ャ
　出船のときにャ
船のともづな
　ヤレホンニサ　泣いて解く

この歌（の初出）は、大正十三年雑誌「婦人世界」六月号に発表された。雨情の作品の中でも、大人から子供まで知らぬ人のないほど、有名な作である。作曲は中山晋平が担当した。ただ面白いことに、雨情は「波浮の港」に行ったことはなかった。したがってこの歌詞は彼の想像の作物だということである。雑誌掲載の詩作を依頼され、彼は「波浮の港」の写真からの印象を土台として作詞したものと考えられるから全くの出鱈目ではない。それから数ヶ月後、中山晋平が雨情を訪ねたとき、再婚したつる夫人が「波浮の港」の掲載された雑誌を中山に見せた。中山はこの詩に好感を抱き、作曲したのが名曲「波浮の港」である。この歌は昭和に入ってレコード化し、佐藤千夜子やテナーの藤原義江などの人気歌手が歌って大ヒットとなった。こうしてこの歌は全国にひろがったのだ。永遠の名曲と言っても過言ではないと思う。だが、売れてくると色々詩についての問題を指摘する人が出てくるもので、例えば、「波浮の港は東南を向いているから港が夕日になるはずはない。」とか「鵜の鳥は大島には棲んでいない。」などといった指摘も出た。雨情は現地を見ていないのだから、当然出る疑問であろう。この指摘に対して彼は、「失敗でヤンした、実は平潟をモデルにしたもんでヤンスから。」と弁解している。平潟というのは彼の故郷茨城県の磯原に近い場所にある漁港で、自然に彼の脳裏に浮かんでいたのであろう。私は歌などというものは、事実でなくとも、詩として成功していればそれでいいものだと思っている。演歌などの歌詞をみればわかるように、たとえばフランク永井が歌った「夜霧に消えたチャコ」という歌がある。その三節目に、

「青いネオンが泣いている」「赤いネオンも涙ぐむ」とあるが、ネオンなどは泣きもしないし、涙ぐんだりもしないのである。しかし誰もそのことを指摘する人はいない。つまり事実である無しを問題にしていないということで、問題にするほうが間違いなのだ。ここには一例を示したが、こうした例は演歌にはいくらもあるのである。次はこれも雨情の作品として「波浮の港」以上に彼にとって重要な作品となった「船頭小唄」について述べよう。

「船頭小唄」

一
おれは河原の　枯れすすき
同じお前も　枯れすすき
どうせ二人は　この世では
花の咲かない　枯れすすき
二

死ぬも生きるも　ねーお前
水の流れに　何に変わろ
おれもお前も　利根川の
船の船頭で　暮さうよ

三

枯れた真菰に、照らしてる
潮来出島の　お月さん
わたしゃこれから　利根川の
船の船頭で　暮らすのよ

四

なぜに冷たい　吹く風が
枯れたすすきの　二人ゆえ
熱い涙の　出たときは
汲んでお呉れよ　お月さん

五

どうせ二人は　この世では
花の咲かない　枯れすすき
水を枕に　利根川の
船の船頭で　暮らさうよ

わが国の演歌の原点といわれるこの歌は、雨情の歌詞の中では割合長文である。彼はこの歌にかなり力を入れていたことがわかる。大正十一年が初出であるが、雨情が作詞したのは大正八年だったという。中山晋平に作曲を依頼したが、中山はこの歌詞があまりにも暗く寂しいので、なかなか作曲にかかれなかったという。雨情は再三督促してやっと出来たのが三年後であった。このとき題名を中山と相談して「枯れすすき」から「船頭小唄」に変更した。おそらく私は中山の意見に従ったものだと思う。

当時演歌師たちがバイオリンを片手に歌い歩いたので次第に広がっていったようだ。そうした状況をみて、レコード会社も目をつけて吹き込みを開始し、また大正十二年一月、映画「船頭小唄」が池田義信監督のもと、岩田祐吉、栗島すみ子主演で封切られた。こうした背景があって、この歌は全国にひろまっていったのである。

しかし不運にも、この年大正十二年九月一日、関東大震災が突如発生して東京はじめ近郊は焼け野が原に一変した。焼け出された人々は、「船頭小唄」にたいして、「こんな亡国の歌がはやるから震災が起きたのだ。」とか「枯れすすきは焼け野が原のことだ。」などと不当な非難をしたという。そんなことでこの名歌も沈滞の経過をたどったが、以後細々と歌われ続けてはいた。そしてこの歌が再び脚光を浴びたのは戦後になってからのことである。昭和三十二年に映画「雨情」が封切られた。主演の森繁久弥が「船頭小唄」を歌いレコードも発売されて一気に大衆の人気を獲得した。しかしその時には、悲しくも作曲者、中山晋平はすでにこの世にはいなかったのである。雨情はその頃水戸にいて詩壇に復帰したいと作詩に専念していた。「船頭小唄」もそうしたときの作である。この歌は潮来が原風景で、ここに詩情を感じていたのであろう。彼は作詩するとき、歩きながらでも、電車の中でもかまわず、何回も何回も繰り返し口のなかで咀嚼し、自身は「自由独唱」という独特の雨情節で歌って滑らかな調子の詩になるまで続けたという。彼の作詞に対する態度は、「私はその作詩法においても、華麗な、そして粋なものよりも、寧ろ朴訥な純心を尊んでいる。そして華やかな生活者よりも貧しい憐れな生活者の慰めにと心がけている。また、私自身も貧しい生活者であるからである。」これは彼の真実の声であり、この作詞態度に照らせば、「船頭小唄」の歌詞もよく理解できると思う。童謡作家として雨情と双璧をなすのが白秋だと思うが、白秋はどちらかといえば、都会的で明るい歌を作るが、そのあたりが郷里田園や、土の香を愛する雨情とは決定的な相違であろう。

## 五、雨情断片

「雨情の三訓」

その一は、殺傷をしないこと。「私は釣と鉄砲打ちはやったことがないのです。水のなかを餌を求めて一心に泳ぎまわっているのを、餌に釣針をかくして釣り上げるのはとても残酷で、私には出来ないことです。また楽しく囀って、恋人をもとめたり、親子並んで話しをしているところを、ズドンと一発撃ちとめる、生活のためならいたし方ないけれど、娯楽にするなどは、とても私にはできません。」

ここには雨情の優しさと、弱いものへの労わりが遺憾なくのべられている。この点は同感できる。

その二は、他人の作品について批評をしないこと、だという。「私は詩を書いているけれど、人様の作品をとやかくと批判できるほどの器でない。ただ作詞をはじめたという初歩の人、これから延びようとする人たちの作品、民謡界を発展させるために、喜んで添削もさせて貰うけれど、既成詩人と看做される人たちの作品評や、それについて論議を闘わすことは、なるべく除いているのです。」という、私などは、よく反論するので少々耳が痛いが、その点雨情は謙虚なのだ。だが私の考えはすこし違うのである。一つの作品に対して、違う考えを持つ人は、それを表に出すことによって、学問の進歩につながるわけで、謙虚な人ばかりでは学問は進歩しないのではないかと考えるのである。したがってこの点について私は同感できない。

その三は、訪問者には快く会うということ。雨情がまだ学生の頃の話である。「文武の道に長けた人格者の乃木希典閣下に、何としても会いたいと思い、矢も楯もなくなって、絣の着物に小倉の袴という風体で、乃木閣下を訪れました。玄関に出てきた書生に『乃木閣下にお会いしたくて参りました。』と告げると、『書生はどんな用件か、』と聞くのです。普通、人をはじめて訪問するときは、何か用件があるのですが、それが無いので、正直に、『用件は無いのですが、ただお会いしたくてきたのです。』と云うと、書生は若造のわたしを、うさん臭そうに見つめて『閣下はお忙しいのだから、用件のない人にはお会に成らないから、取り次ぐことはできない。』という。もっともなことだと思ったが、『ではご用の済むまでお待ちします。』と、上がりかまちに腰をおろすと、書生も根負けして、『ではとにかく』と奥にはいり、しばらくして再び現れて、応接間に案内した。待つほどにどこかへ出掛けられる前とみえて、写真でよく見かける軍服姿の将軍が現れて、『用事もないのに来たのは君か』とおっしゃる。これは叱られるのかと思って『ハッ』と恐縮すると、将軍は破顔一笑され、椅子をすすめ、故郷はどこかとか、学籍はなにか、とか聞いたうえ『君は国風をやっているか』といわれたので『はい、和歌の勉強もいたしております。』と答えると、閣下はひどく満足そうに『格別勉強をするように』とおっしゃったのです。」この挿話は大変興味深いのと、雨情という人物を考える上で重要だと思うのである。

　乃木将軍といえば、全国にその名を知られた名将である。陸軍大将として、軍人でさえそう簡単に近づける相手ではない。一般の人間なら、とくに用事も無いのに、手ぶらで将軍に会いに行くなどと考える者はまずない。非常識な行為だと思うからである。行ったとしても普通の人間は、書生に「お伝えすることは出来ない」と言われれば、大抵の者は「失礼しました。」といって引き下がるだろう。しかし、雨情は会えるまで頑張るつもりでいたのである。書生は、座り込まれたのでは帰らないと思ったのか、将軍にそのことを伝えたのだろう。おそらく、将軍は「どんな若者か」と書生にたずねたと思う。書生は「風貌も悪くないし、言葉遣いも丁寧で真面目な青年のようです。」とでも報告したのであろう。それなら悪い男ではなさそうだ、という判断から、将軍も一寸会ってやる気になったのではなかろうか。ここには雨情の裏の顔が遺憾なく出ているように思う。彼の表の顔は、真面目そうで、大人しく、言葉使いはあくまで丁寧、啄木のいう一見内気な人物と人には見られ勝ちだが、裏の顔はそんなものではない。自身が決意したことは、トコトンやり抜くという強靭な意志を秘めているのである。樺太の旅にも彼の並々ならぬ実行力を感じたが、このケースをみても、人間、外見の印象だけで、その人を語ることは出来ない、ということを痛感するのである。しかし、一般的常識からすれば、暴挙と言われても仕方がないが、とにかくそれを実行するということに、私などは、感心させられるのである。彼がその三、を特に「三訓」に加えたのは乃木将軍のケースが何時までも心に残っていたからだと思う。用もないのに突然訪問したのにもかかわらず、将軍は一介の若僧に会ってくれたことに感激し、自分も人には快く会うべきだ、ということを学んだのであろう。

## 六、雨情の童謡論

雨情は童謡については、機会ある度に述べているが、その基本となるのは、童心と故郷の風物であるような気がする。彼は言う、「童謡は大人びた感情の養成や、不純な世界を児童に教ゆべきためのものではない。純潔なる美善の世界へ児童の心を導くためのものである。本来童謡の優れた作品の多くは、郷土的色彩に富んだものにある。これを私は、『郷土童謡』と名づけ、非郷土的作風のものや、異国的作風のものと区別している。郷土童謡とは、田舎の童謡の意味ではない。故郷の歌の意味である。故郷の歌を児童に与え、児童にうたはすことによって、愛郷心の涵養上に大なる効果があり、これを児童に奨励することによって、国民性的自覚をうながしてゆく上にも効果がある。」と言う。そして、「故郷の歌こそが、児童の『正風』である。」と、結論している。この主張は私にも同感できる。

また、作歌についての心得として、「童謡には難しい言葉をもちゆることはいつの場合でもさけねばいけません。漢字の熟語をそのままもちゆることは無論いけませんし、又、漢字を音で読ませることも、名詞とか、極く特別の場合をのぞく外はさけねばなりません。誰にでもすぐ判りのよい普通の言葉で書いて下さい。言葉の調子が言葉の音楽にさへかなって居れば、七五調でも八八調でも、いくら破調子でも決して構いません。」と言う。この指摘は子供の読解力を念頭において述べているのだと思うから、それはそれでよくわかる。

## 七、雨情と三人の女性

ここに三人の女性と書いたのは、母「てる」妻「高塩ひろ」二度目の妻「中里つる」の三人であって、すべて家族のことであり、彼の愛人などではない。最初に母「てる」について述べると、この母はただ一人の男の子である英吉（雨情）を溺愛したと伝えられているが、その愛情は尋常のものではなかった。啄木の母、かつも啄木を溺愛したが、てるの雨情にそそぐ愛情とは比較にならない。こどものころは魚など赤身のものは与えず、白身のものしか食べさせなかった。鶏卵も一度に百個も買い求め、鶏肉も雨情のためにはその都度一羽をつぶすことを惜しまなかった。そして、いつも、雨情のためなら乞食になってもいいといっていたのである。その母てるも、明治四十四年九月、この世を去った。雨情はその頃北海道にいて、すぐに帰郷したが、母の死水をとることは出来なかったのである。雨情の心情も想像できるが、あれほど愛情を注いだのだから、死を前にした母てるは、ひと目でいいから息子に会いたいといった感情に包まれていたと思うが、それも遂にはたせずに死去した彼女に送る言葉も無い。

次は、妻「ひろ」であるが、彼女は栃木県喜連川町の豪家に生を受け、雨情とは明治十五年生まれの同年で、共に二十二歳で結婚している。高塩家は上野藩の勘定奉行を務めたというから、野口家とは家柄については釣合いの上で問題はなかった。ひろとの結婚については、彼の父が存命中から話があったらしいが、雨情はこの話に気が進まず、延び延びになっていた。父の死によってこの結婚が早められたという。しかし性格上の相違からこの結婚はやはり気の進まぬ雨情にとっては、するべきではなかったのである。雨情家の引越しを手伝いにいった啄木でさえ、腰掛けたまま細君が、あれこれと指図する様子を見て、「細君の不躾」と日記に書き、高慢不遜の態度にあきれたのであろう。

その頃の雨情の様子は雨情の姪野口智鶴の談話によると、「雨情は家庭の冷たさ故に、好きな詩を作ることも出来ず、悶々の情やるかたなく酒色にふけったり、紅灯の巷を心の憂さの捨て場所とはしたが、芸者に溺れきって野口の家名を忘れるような人ではなかった。何とか身を立てたいと、大望を抱いて北海道へ旅立ったのだ。一獲千金を夢見て、林檎を一貨車買い占めて東京まで送ったが、途中で全部腐ってしまった。」

この挿話はなかなか興味深い。元来家庭というのは、男にとって安息できる場所であるはずだが、雨情にとっては安息などとは無縁の冷ややかな場所であったのだろう。こうした状況ではいい仕事など出来るはずは無い。それにしても、林檎を一貨車買い占めた話は雨情の一面が出ているように思う。雨情は、貨車一台もの林檎を買って、それが鮮度を保ったまま無事に東京に着くと考えていたのであろうか、この判断はかなり甘いと言わざるをえないのである。というのは、貨車は彼の買った林檎だけ一両を運ぶわけは無いのであって、当時の連結車が何両であったかはよくわからないが、例えば十両として、それがすべて予定の荷物を積まなければ発車しないのであるから、林檎の都合でその日すぐ発車すると言う保証はないし、何日か待たされることもあろう。その上、冷房車があるわけでもなし、北海道から東京まで当時はかなりの時間を要したと思うので、こうした条件を考えれば、到底食用に耐える状態で届くはずはない。彼は一攫千金に頭が支配されていて、冷静に考える余裕を失っていたのであろう。文学以外の一般常識には欠けていたと言うことであろう。
また雨情は、妻ひろを歌ったと思われる詩を残している。

花と云う花は咲けども
妻という花は咲かない
おお　淋し
荒野の果てに
咲く花は
妻と云はりょか
おお　淋し

この歌の末尾に付けている「おお　淋し」が何ともいえぬ感じが出ていて興味深い。そして遂に大正四年十一月に協議離婚が成立した。丁度丸十一年もの間、雨情にとっての苦難の日々に決別する日がきたのである。

最後の一人は、大正七年十月、再婚した「中里つる」である。ひろと離婚して三年ほど経過していたその頃、雨情は前妻との暗く冷たかった生活の教訓から、文学に親しむには家庭に落ち着きが必要だと考えていた。適当な家庭の娘でいい伴侶があれば再婚したいと思っていたので、知り合いの杉山という人に相談してみた。杉山は早速懇意な中里家に赴き、娘つるとの見合いを成立させたが、当時つるは、父が経営していた旅館の仕事に従事していた。彼女は文学についての素養もあり、和歌なども作っていたし、歌も好きだったようだ。雨情は料理屋に席を用意し、杉山夫人を伴って見合いの席に臨んだ。彼は酒が進むと得意の雨情節で歌なども歌ったという。前妻のひろは、彼の仕事に協力する姿勢はまったくなく、冷え切った家庭に苦悩の日々を送っていたから、彼の望み通りに映ったつるに、一目で気に入った雨情は即刻結婚を決意した。つるについては後に「とても素朴な感じで、生まれたばかりのような、ういういしさであったのが気にいった。」とその印象を語っている。こうした伴侶を彼は望んでいただろう、ということはよくわかる。しかし肝心のつるは、まだ若かったこともあって、たちまち結婚しようとは考えていなかったようだ。杉山夫人は度々つるのもとを訪ねて、雨情が信頼できる男性であることを告げ承諾をうながした。つるとて旅館という職業柄、多くの男性を見てきたから、雨情の人柄が善良な人物であることは十分認識していた。丁寧な言葉遣いや、おっとりした態度や、品性のある風貌からは、良家で育ったであろうことも想像され、その上文学に人生を懸けている人物ならば、相手として不足は無かったから、遂に結婚を承諾したのである。そして、この結婚を両親にも相談することなく、彼女の独断できめたという。そうしたことの出来るのも、両親が娘を信頼していたからであろう。雨情は新妻を得たことだし、安心して詩作に没頭した。つる夫人は当時を回想して、「そのときの雨情の勉強ぶりには頭のさがる思いだった。」と言う。彼女は人のためにつくすことに喜びを感ずるといったタイプの女性だったから雨情の仕事上にとって、この上ない伴侶だったといえよう。

## 八、雨情に対する人物評

これは、雨情と接触のあった人々が彼の人柄をどのように感じていたかについての記述を抜粋し引用した。というのは、彼の人物像を知る上で必要であると共に、その作品を理解するについても参考になると考えるからである。

「雨情というのは眉目清秀の美青年で、色白く髪黒く、絶えず微笑している態度は如何にも洗練されたものだ。その詩によって、ひそかに想像したような田舎臭など一とかけらもない。」（東清次郎）

「雨情は体こそちいさいが、意志の強いなかに、人情にもろい所があり、腰のひくい人でしたが、一面変人だった。潔癖の強いワンマンのところもあった。」（野口智鶴）

「雨情さんの『童心居』を訪ねると、入口には鉄格子の窓があって、そこからのぞかれ、大丈夫ということになって、はじめて家の中へ通されるのである。聞くところによると、雨情さんは、とても臆病で、ドロボウを恐れていたということである。」（高田三九三）

「質朴な、一見いわゆる田舎の土臭い役場の吏員さんとも感じられる雨情先生のタイプだったが、よくその風貌を見つめると、やっぱり、ただの人ではなかった。きさくな好人物らしい立居振舞の中にも、その眼は、いつも深い人間的内容と品位をたたえていた。」（横沢千秋）

「酔っぱらいは『おーれはかーわらの』と繰返しながら近づいてきたのはいいが、よろよろと足もとがよろけて、先生にぶつかってしまった。『気をつけろ』といったのは先生ではない。ぶつかった酔っぱらいである。先生は『どうも申訳ありません』と丁寧に頭をさげたが、酔っぱらいはそのまま『おーなじおーまえもかーれすすき』と歌のつづきを歌いながら、今自分が歌っている歌の作者にぶつかったとは夢にも知らず、よろよろと行ってしまった。先生は口をつぼめて苦笑しておられた。私は先生の怒ったのを知らない。」（達崎龍一）

これらの記述からでも、雨情という人物の人柄は十分察しがつくように思う。

## 九、雨情の信条

「民謡は土の自然詩である」（時雨音羽）

「童謡も民謡も歌えるものでなければならない」（斉藤佐次郎）

「なるべく『ア』で始まるのが効果的です。それから繰り返しも大切です。」（達崎龍一）

「我慢すること、我慢した人が最後のものをつかみます。」（達崎龍一）

「歌というものは字で書いただけではだめです。なんべんもなんべんも口に出して、

うたってうたって、とことんまで推敲せねばね。」（天江富弥）

「いくら詩を作ったところで、歌われなかったらそれきり世間から忘れられてしまう。特に、童謡などは、歌われなかったら意味の無いもので、文字だけでは人の記憶に残るものではない。（加藤まさを）

## 十、雨情と童心

「童謡とは、童心を通してみたる、物の生活を、音楽的旋律のある今日の言葉で自由に言い表された芸文である。」（稲垣浩）

「童謡は童心より生まれて童心を培う」（泉漾太郎）

雨情は、童心と言う心を重視していた作詩家であった。したがって童心という言葉に愛着があったのであろう。自宅の傍に二間四方ほどの離れを建て「童心居」と命名し、ここで来訪者と文学談義に楽しい時間をすごしていたのだ。しかし少々うがった見方をすれば、彼が離れをわざわざ建てたのは、家族にも邪魔されない自分だけの城がほしかったのではないかと私は思う。

## 十一、雨情と身なり

身なりについては三種類の人があって、全く気にしない者と、細心の注意を払う者と、まあ適当な格好でいい、という人があると思う。啄木の友人で先輩の野村胡堂などは「山男」などと言われていて服装などまったく意に介しなかった。所謂「バンカラ族」である。それに対して、服はすべて誂えで、ネクタイはどこどこの品、靴などもあるメーカーの物でないと駄目だ、などといった高級志向の者も一部だとは思うが居る。まあしかし一般には、普通の格好ならいいと思っている人が大部分だろう。だが服装や持ち物に金をかければいいというものではない。自己満足にはなるだろうが、その人間に似合うか似合わぬかが問題なのである。つまりセンスの良し悪しが重要だということ。たとい高価なものでなくても、良く見えるとすれば、センスがいいということだろう。したがって品物の安い高いよりもセンスを磨くことのほうが大切なのである。しかし身なりは軽視できないと思う。というのは、その人がいかに知性や教養の高い人物であったとしても、初対面の場合、身なりでまず人物の評価をされる事があるからである。

前置はこれくらいにして、雨情の身なりについて述べよう。「氏は素朴の人であり。風采の無頓着さは常人を超えていた。大正八年の夏、私は中山、野口の両氏を誘って、民謡調査の旅をしたことがあった。上野駅に集まったとき、中山さんと私は白の夏服だったが、野口さんはよれよれの浴衣に色あせた羊羹色の絽羽織姿。」（森垣二郎）だったという。

他にも、彼の身なりについての記述は多いが、あと少し引くと、

「野口さんを思い出すと、薄汚れたグレーの行燈袴と、くたびれた薄茶のソフト帽と、茶色の風呂敷包みと、もう一つ、履き減らされた駒下駄が目に浮かぶ。」（加藤まさを）

「雨情は外出の時は黒い詰襟の服を着ていた。当時田舎によくある小学校の小使さんそっくりの身なりであったので、伊那電鉄に乗り換えたとき、まさかこの人が雨情先生とは思わずに、付添いの人へうやうやしくお辞儀をして、席に座らせた。先生はつり革にぶらさがっていた。」（島田芳文）

さてここで私が不思議に思っている点を述べてみたい。もともと女性は男性に比べて身だしなみを気にする性質があると思う。ならば当然その妻つるは、しっかりものであったから、夫の身だしなみの悪さに注意しなかったのだろうか。家に居る場合はまあい

いとしても、友人数人と旅行に出るときなど、友人はみなパリットした洋服姿であるのに、雨情だけがよれよれの着物姿というのも、アンバランスで、雨情本人も肩身の狭い思いをするだろうし、一緒の連中だっていい気はしないはずだと思う。夫が「これでいい」といったとしても、世間の常識に照らして、妻がだめだと思えば、妻自身が夫の着る物を常に用意してやる必要があるのではないかと私などは考える。それが出来ていないのは妻にも責任の一端があることになろう。雨情は大体着物であったが、後年は詰襟服にした。

一方啄木は中学を出てから以後、生涯着物で通した。雨情の書いた、啄木が訪ねてきたという初対面の記事は興味深い。そこには次のように書かれている。「啄木は赤く日に焼けたカンカン帽を手に持って、洗い晒しの浴衣に色のさめかかったよれよれの絹の黒っぽい夏羽織を着て入って来た。時は十月に近い九月の末だから、内地でも朝夕は涼しすぎて浴衣や夏羽織では見すぼらしくてしかたがない。」と述べている。

雨情に他人の身なりについて、あれこれ言う資格があるのだろうか、「人の振り見て我が振り直せ。」という格言があるが、自分の振りを治すのが先決であって、他人の身なりを言える立場にはないと思う。啄木は経済的理由から洋服を着たいといった願望は常にあったと思うが、ついに実現しなかったのである。それは次の歌からも読み取れる。

あたらしき背広など着て
旅をせむ
しかく今年も思ひ過ぎたる

## 十二、雨情の筆跡と筆

雨情の書の筆跡を見た私の印象は、はなはだゆったりとして、伸びやかであり、まったくよどみなどはない。達筆とはいえないまでも、自己主張の強さを感じられるという部類に属するものだと思う。

「先生の書は、よく良寛とともに語られるが、これらもやはり『童心』と、一脈相通ずるところが深いせいであろう。先生の書に接すると、そこはかとなく先生の体温が伝わってくるように感じられるのは私ひとりではあるまい。」(石川雅章)

「鹿島神宮の社務所の依頼で横額を揮毫されたが、私から鞄を取り寄せて中から取り出した大小二十本ばかりの筆は、全部先がちびていた。後で私は不審におもい『先生、随分と古い筆ばかりお使いになるのですね。』と不躾にお聞きしたら、先生は『イヤ私は新しい筆でも一ぺん墨でひたし固くなってから火で焼くんでヤンスよ先を、そうしないと気に入った字が書けないもンでヤンしてね。』と笑っておられた。（関沢潤一郎）

この記述は興味深い、まあ個人の好みですることだから、他人がとやかく言うことではないが、しかし彼の筆跡をみても、穂先のない筆で書いたという判断はつきにくいように感じた。穂先があっても同じことではないだろうか。第一筆にとって穂先というのは命である。普通の人は、穂先が悪いと満足な字は書けないものである。そして筆の製作者つまり筆職人というのは、筆の命ともいうべき穂先に全神経をそそいで作成しているものであるから、そこを簡単に切られたら製作者の命が絶たれたのも同然だと思う。したがって私は雨情の行為には賛成できないのである。

## 十三、雨情と講演

彼の年譜を一瞥して思うことは、旅行と講演の多いことである。それは国内は無論のこと国外にも及んでいる。講演と旅行はセットみたいなものだから、共に多くなるわけで、彼の講演は当然童謡が中心になっているが、何処でも深い感動を与えたようだ。それは講演の依頼がほとんど全国に及んでいるという事実によって証明されていると思う。その中で私の印象に残っている講演が二箇所ある。その内の一つ、高松の場合は講演の内容ではない。この挿話はあまり語られることがないと思うので、少々長いが取り上げてみることにした。

「栈橋をわたって宿舎の辻梅旅館に行く途中の街角で、『文芸講演会』のポスターが目についた。よく見ると、その日の夜六時から高松公会堂で開催されることがわかった。しかも講師の中に野口雨情が一枚加わっていた。とんでもないところで野口さんに逢えるとはまさに奇遇だと、夕飯もそこそこに会場の公会堂へ定刻に出かけた。会場の入口に行ったところ、電気も消されて森閑としているではないか。所と時間を間違えたのかと思って街のポスターを見直してみたところ、間違いない。不思議なことに主催者らしい人も居ない。やや暫くたって公会堂の係員のような男が出てきたので、『今晩の文芸講演会は無いのですか。』と尋ねると、実にぶっきら棒に『取りやめになった。』という返事に、とりつくしまもないので、ウロウロしていると、主催者側らしい人が来たので、事の真相を質すと、当局の弾圧によって開催が不可能になったことが判明した。何故だと、執拗に聞くと、『講師の中に赤の人が居るからだ。』とのこと。それで講師は今どこに居るのかと質すると、『高松警察署に居ます。私は明日会見する筈の坪井香川県知事に電話して、野口雨情という男は赤でもなんでもない、今高松警察署に居るから直ぐ釈放するように電話してくれと頼んだ。坪井知事も野口さんを知っていたので、直ぐに承知して電話してくれた。待つ程もなく野口さんを先頭に秋田雨雀らその夜の講師の面々がぞろぞろ、刑事室から出て来た。』（斉藤仁）

この話が事実ならば、世の中には偶然とはいえ幸運の訪れることがあるものだと私は感じ入った。

私が感動したのは、次の記事であった。それは雑誌「金の星」大正十一年一月号で述べられた記述である。「『子供の情操を養ふ上から云っても童謡はもっとも意義のあること』という信念のもと、東京市内の貧民窟と称された場所を巡って、自ら路頭に立ち、その作品『人買船』に象徴されるような悲劇の存在する時代を生きねばならなかった子供たちに、童謡を通して豊かな感性を育もうとしたのである。」と著者は解説しているが同感できる。そして、路頭講演については次のように記されている。「六月十一日夜八時から、野口先生が、貧民窟で有名な東京小石川西丸町の路傍に立って、童謡のお話をしたり、童謡を歌ったりして大勢の貧しい家の子供さん達に聞かせました。子供さん達はどんなに喜んだことでしょう。野口先生の羽織の袖や袴につかまって、涙を浮かべて聞いていました。野口先生も、涙を浮かべて幾度も幾度も歌いました。往来の人々も、皆立停って、聞いていました。かつては、第四皇子澄宮殿下の、御内命によって自作童謡『千代田のお城のはとぽっぽ』を謹書して献上し、宮廷詩人とまで云われた野口先生が、引き続きこうして東京市中の各貧民窟を回り歩いて、童謡会にも行くことの出来ない貧しい家の子供さん達に歌って聞かせるといふことは、野口先生でなければ到底出来ないことであります。」

（東道人）

この記述は感動的である。貧者に対する雨情の深い愛情を感ずると共に、童謡と無縁な子供達への浸透をも計りたいといった彼の姿を見る思いがするのである。第一こうした皆が敬遠するような場所に出て行き、講演するといった発想は雨情にして初めて可能であって、他の詩人に出来る話ではない。外見的には、啄木も言うように、誰が見ても内向的で気の弱そうには見えるが、彼の内面はまったく違うのである。思い付いたら絶対に実行するという、強力な意思の所有者であることの前例を私は数件見ている。人は見かけだけで判断してはいけない、ということのいい例だと思う。

# 十四、雨情と将棋

雨情は作家の菊池寛と直接の関係はなかったが、或るとき偶然に接触する機会が訪れたのである。これは雨情と菊池の将棋についての話であるが、なかなか興味深い挿話なので少々長いが広津和郎の「菊池寛と野口雨情」から引いてみよう。

「私が東京本郷の八重山館という下宿に居た頃の話である。久米正雄の家ではよく菊池寛、佐々木茂策、瀧井幸作といった人たちが将棋を指していた。文壇将棋の錚々たる連中であるが、何でも菊池が二段とか三段で、幸田露伴に次ぐ文壇の高段者だとは聞いていた。」菊池寛が将棋に強いことは私でも知っているから、全国的に有名だったのだと思う。

「八重山館のわたしの部屋によく集まる連中を糾合して、菊池寛たちに将棋の試合を申し込んだ。両方からメンバーを七名ずつ出して、総当りに一回ずつ勝負をし、勝点の多い方を勝ちとすることに試合の方法を決めた。こっちのメンバーには後に麻雀で有名になった川崎備寛、二科会員の松本弘二、鈴木氏などがいた。」「明日はいよいよ試合をするという、最後の日の夕方であった。画家の林が一人の中年の青白い顔をした男をつれて、偶然わたしの部屋を訪ねてきた。『いったいこれはどうしたことだ』と、林はみんなが真剣な顔で盤に向かっている光景を見て、あきれたようにいったが、連れてきた人の方に振り向いて『紹介するよ、野口雨情さん、これが広津君』

挨拶がすむと、野口雨情は少しずーずー弁の言葉で、『将棋ですか、結構ですな、どうか遠慮なくおやり下さい。』と言った。『いや、実はこういうことなんです。前の久米の家に、菊池寛たちが集まってよく将棋を指しているものですから、われわれが試合を申し込んだんですよ。それで今稽古中なんです。』『ほお、それは面白い。わたしも将棋は少し指しますが、一つそのお仲間に加えて頂けませんか。菊池さんとお手合わせをしてみたいですから。』菊池寛を相手に手合わせをしたいというのは、相当の自信があるのだろう。われわれのメンバーには大将格がいないが、案外この人が大将になってくれるかも知れない。野口雨情を相手に、私が最初に盤に向かうと、『これはまいりましたな。』と言いながら、野口の王様は、どこまでも逃げて行く。『いやどうもまいりました。』と言って逃げて逃げまわった末に、一手空くと、今度はジリジリと逆襲して来て、こっちが詰められてしまう。誰がやっても同じなのである。一つ野口さんが総大将になって下さい。そうすれば、勝てるかも知れないぞ。これは明日が楽しみになってきた。

そういうわけで、翌日試合場である久米の二階に上がって行った。菊池寛、久米正雄、佐々木茂策、岡栄一郎、南部修太郎といった敵方は、すでに集まっていた。そこで総当りで、一回勝負で戦ったが、双方の、大将格の菊池、野口の勝負に限り三回勝負ということに決められた。私は勝負にならないような速さで敵陣になだれ込み、菊池寛と滝井孝作を除く後の六人を負かしてしまった。さて全体の勝負がすんでから、大将同士の三番勝負は、みんなが円陣を作っている真ん中で戦われた。『まいりました。まいりました。』と腰が低く、へりくだったように言いながら、野口は菊池に攻めるだけ攻めさせて、守勢にばかりまわっている。菊池はむっとした顔付で、すこし苛立ちながら、パチンパチンと駒音高く追っかけると、『これはまいりました。』と言って野口は何処までも逃げて行く。どうやら、わたし達に対した時と野口の態度は同じようである。やはりこれは菊池が負けるのではないかと思っていると、とうとう菊池は駒を投げ出してしまった。そして野口は二番目も同様の駒運びで勝利したが、三番目の勝負は菊池が勝った。」

この広津の記述からは、雨情のやさしい性格が遺憾なく述べられているように思う。彼は余裕をもって対戦しているが、相手に攻めるだけ攻めさせて、最後には勝利に持ってゆく。この態度は、相手に完敗といった印象を与えては申し訳ないと思い、「もう少しで詰めそうだったが、惜しかった」と思わせるように仕向けているのだと私には思われる。菊池との三番勝負にしても、三回目は負けて二勝一負にしているが、私は三連勝できるのを一つは負けてやったのだと思う。文壇の強豪であり、二段とか三段とかの段位を持つ菊池を、全敗させたのでは菊池の顔を潰すことになると思ったからであろう。雨情が将棋に強いといったことを一般には知られていないが、菊池に勝つということであれば、菊池以上の実力者であるということである。それは次の記述で証明される。「詩では食べられないものでしたから私は、田舎でしばらく将棋で食べていたことがあるのです。」そしてプロの二段をも負かしたというから、当然アマで強いといっても野口の実力には勝てないのは当然であろう。したがって彼がいかに優しい性格の所有者であったかという証明になると思う。雨情は菊池が文壇では強豪であることをつとに知っていたであろうから、この機会にぜひ手合わせをしてみたい、といった気持ちがあったに違いない。菊池にしてみれば、雨情の実力などまったく知るはずもなかったので、負けるなどとは全然考えてもいなかったであろうから、そのショックは甚大であったと思う。雨情というのは、人をなるべく傷つけたくないといった思いやりの精神を秘めていた詩人だったと言える。

## 十五、雨情と煙草

彼の煙草好きというのは友人知人の間では有名であったらしく、その多くの人達が書いている。例えば次の記述をみても彼のタバコ好きがどの程度のものだったかがよくわかる。「先生は永大橋からポンポン蒸気船で吾妻橋まで行くことを希望されたので、永代橋からポンポン蒸気船に乗り船室に端座された。船に乗ったのがよほどうれしかったのか、『いいですね』としきりによろこんでおられた。永大橋で船に乗られてから、タバコに火をつけられたが、見ているとその煙が終わりになる頃、次のタバコへつぎ足して火をつけられる。新大橋、両国橋、蔵前橋、うまや橋、駒形橋、吾妻橋、殆んど各駅へ停まる頃に、タバコの火がつぎ足されて、三十分ぐらいはタバコの飲み続けである。」

（内山憲尚）

この状況からみると、タバコ好きという段階を超えて、ヘビースモウカーであろう。彼が愛用した煙草の種類は、「エアシップ」「胡蝶」「朝日」「ゴールデンバット」の四種類のほかに、刻み煙草も吸い、彼は日に百本は吸っていたという。煙草というのはたしかに「いやし」といった効果があるから、家庭的に面白くなかったり、仕事で悩んだりしたような生活の中ではたしかに「いやし」になるとは思うが、それも量による。彼の場合は常識外で「いやし」といった段階を通りこしている。体況的また金銭的にもその負担は大きい。タバコの異常さも雨情の一面であるからここに取り上げてみた。

## 十六、雨情と石

「雨情は、石に趣味をもって、出張した各地の山や渓谷、海岸、河原など、あまたある石の中から一種の風格をあらわし、個性をもつ石をさがし当てて床の間や庭の木の下に置いて新たな風情をながめながら恍惚として時のすぎるのを忘れていた。」（人見円吉）

また、「その庭には、海石、加茂川石、などの水石の筑波石だの、鞍馬石だの、佐渡の赤玉石だの、越前の菊石など非常に沢山の石をかざってあり、わたしらが行く度にその庭石に水を打ってその色彩の美しさを説明された。」（林柳波）

雨情の趣味というのは、素人の域を脱していることがわかる。雨情はなにをするにも、徹底的に追及する姿勢である。そしてまたつぎのような指摘もある。

「雨情の石に関しての批判は厳しかった。趣味というより、玄人以上の名人の域を越え、よくそれに徹し、精通した人で、どんな格好のいい石を見ても、それを欲しがらないのは、あくまで自然をゆがめ、人工を加えたものに対する厳しい雨情の考え方であった。」

（不二たかし）

石の最後に一つの詩碑について触れておきたい。「詩碑のなかで、碑文からいっても、最も奇抜なのは、宮崎県小林市東方の浜の瀬川渓谷に建てられている詩碑である。傍らに天下の奇石『陰陽石』が突っ立っている。」

（島田芳文）

ここを歌ったのが次の二行である。

浜の瀬川には　二つの奇石、
人にゃ言うなよ　語るなよ

この詩の二行目が雨情らしくて、なんともほほえましい。

## 十七、雨情と樺太

樺太は日露戦争の勝利によって、その南半分が明治三十九年六月、日本の領土となった。その七月、六月という説もあるが、あまりにも早すぎるので七月のほうが妥当だろう。それにしても、領有して間のない時期に、雨情は単身樺太への旅行を計画したのである。当時はまだ樺太についての情報は少なかったと考えられるので、彼は殆ど知識もない未知の辺土へ旅立とうとしているのである。こうした危険をはらむ計画は、一般的には暴挙としか言いようがない。外見的風貌は如何にも温和でやさしく、気弱にさえ見えるのであるが、彼の内面に秘める性格は、一度決心したことは絶対に断行するという強固な意志を持っているのであって、そうした前例は他にもみられる。雨情の生涯を通観するに、彼には旅が極めて多く、旅行自体が嫌いではないのと、一箇所にとどまることが性格的に不向きなのか、よく移動をくりかえしている。その点啄木に類似しているように思う。樺太行きにしても五年十年の後ならば理解もできるが、領有直後の話ではやはり無謀であろう。そのうえ特に必要な要件がある訳でもない。ただの思い付きにすぎないのである。彼にしてみれば、家庭の冷たさで仕事が出来ないといったことがあったとしても、樺太というのは突飛すぎる。旅を望むのであれば、東北や北海道でもいいのではなかろうか。私などは当時の樺太などへ行く勇気は全くない。

さて、樺太へは小樽からコルサコフ、日本名大泊に渡るのである。雨情の樺太旅行がどのような旅であったかを、まず時雨音羽の「北海道・樺太にわたる」から引いてみよう。「コルサコフの泊まった宿で仕事をさがすと、そこの主人は雨情の体を目で寸法をはかりながら、『働きに向かない』と吐き出すように言ったという。雨情は小柄で色白の好男子。目だけは大きかったが、どう見ても樺太あたりで働ける体つきではなかった。主人は帳簿の字をみて、『字がうまいから当分帳簿をたのむ』とその翌日から帳場へ座ることになった。」

以下の記述は、長島和太郎「詩人野口雨情」からの引用である。

「見知らぬ土地へ切符一枚で渡った青年雨情は、そこに、荒涼たる人生の果てを見た。コルサコフは元ロシヤ政庁のあった処で、コルサコフ病で有名な土地。ロシヤ時代シベリヤの凶悪犯を収容する大型刑務所のあった町で、恐れられていた。」

といった場所であるから、事前にこうした事情が判っていれば、まず敬遠するのが普通だと思うが、彼にはそんな知識のないまま旅を決行したのである。雨情があの宿にどのくらい居たのか不明であるが、ここで幾らかの金を得たのであろう。樺太を北上する旅に出た。当時の交通事情がどうなっていたかわからぬが、バスや車などがあるはずはない。とにかく、豊原、落合、知取、と進み、ついに敷香にたっし、幌内川を流域道にしたがって、北緯五十度線まで進んだ、北緯五十度は国境線である。そして中央の西樺太山脈を越え、西海岸安別に至っている。

行程の大部分は徒歩によったのではないかと私は考えている。と言うのも、彼が樺太を去ったのは十月だったから、四ヶ月滞在したわけで、特に用事もない彼にしては少々長すぎると思うからである。雨情は大正十一年「主婦の友」十月号に、「深く印象された月夜の思い出」というアンケートがあった。それに答えて雨情は、「月について、これまで一番深い印象は、明治三十九年の秋、樺太西海岸アモベツの浜にて見た、無人の海を照らす凄愴たる月の光でした。そのときの民謡の一節を申し上げます。

故郷の常陸の国よ
あこがれのわが眼に映れ
妹の歳も忘れた
父母の歳も忘れた

次もこの流浪の旅での作品であろう。

「旅人の唄」
山は高いし　野はただ広し
一人とぼとぼ　旅路の長さ
かわくひまなく　涙は落ちて
恋しきものは、故郷の空よ
今日も夕日の　落ちゆくさきは
どこの国やら　果てさえ知れず
水の流れよ　浮寝の鳥よ
遠い故郷の　恋しき空よ
明日も夕日の　落ちゆくさきは
どこの国かよ　果てさえ知れず

ここには旅人の感情が遺憾なく歌われているように思う。後にある人から、「どうして樺太などへ行ったのか」と聞かれたとき、「若気のいたりでやんした」と答えたと言うが、確かにそんなことだったのであろう。

## 十八、雨情と映画

昭和三十二年三月、東宝映画「雨情」が封切られた。
原作、時雨音羽、
監督、久松静児
「キャスト」
野口雨情・森繁久弥
その母　・英百合子
妻しづ　・小暮実千代
芸者加代・草笛光子
中山晋平・山県　勲
石川啄木・原　保美

こうした芸達者な一流の俳優を揃えていた。したがって映画それ自体は成功だったのであろう。私もこの映画をビデオテープで一応見たが、雨情の実像がそのまま出ているとはとうてい言えないものであった。私は元来、映画に限らず、小説やドラマでも実在した人物の作品や実名を表題として掲げるのであれば、ノンフィクションでなければならないと考えている。それは本人の実像を歪めることになるからで、人物の為には有害だと思うのである。そして、その作品なり映画を見た人に間違った人物像を植え付ける結果となるので、そうした誤った扱いをされた本人はどんな気がするかを考えれば、無神経な扱いは出来ないはずである。だが映画などは、商品を大衆に売るという要素が働くことから、とにかく人々に受けるということを優先するだろう。したがって都合のいいように改作することになる。ならばそれは実像とは異なるわけで、表題に作品名や、実名を使うべきではないと私は思う。「この映画は野口雨情の伝記ではない。すべて創作である」という断り書きを最初に掲げている。これは製作者が内容にクレームが出た場合の逃げ道に、こうした文言を書く必要があったのであろう。「創作」だと言うのであれば、表題に「雨情」などといった実名を出すことは矛盾しているのではないか。「ある詩人の生涯」とかなんとか、題名などは幾らでも考えられるだろう。

さて次に、雨情と交遊のあった人や、家族などがこの映画にどのような感想をもったかを、「雨情会会報」で、「映画『雨情』を観て」という特集をしているので少々引いてみよう。

渡辺波光「ひとつの感じ方」では、「支部の懇談会を開いたが、話題が映画『雨情』に及ぶと、期せずしてごうごうたる非難の嵐が巻き起こった。あんなものが上映されてはまことに迷惑だ。直ちに上映中止をさせるべきだ。支部長は早速映画館に強行談判しろと、大変なことになった。」

談判したところで中止されるわけはないが、とにかく、雨情を直接知っている人から見れば、雨情はあんな人物ではない、といった想いから激怒しているのだ。そして非難の理由を箇条書きにしている。

一、雨情を、意気地なしのぐうたらな人間にしすぎている。

二、アホとしか感じられぬ様な場面もある。雨情は、ろくにものも言えぬ唖みたいな人ではなく、かつ、骨のある人間であった。

三、詩人というものは世間知らずで、馬鹿みたいのばかり居るとの錯覚をおこさせる。

四、史実にもうそがある。

五、雨情会というのは、後生大事に、ああゆう人間をかつぎ、雨情に輪をかけたような人達によって支えられているのかとの誤解をいだかせる。

この記事によって、雨情を愛し、尊敬している雨情会の人達の気持ちは理解できる。また家族の野口祐孝は「二つのこと」という文章で、「映画は公開数日前に試写会で見た。その際の、小暮実千代氏の挨拶なども聞くに耐えぬ内容をふくんでいた。大正四年に離婚した先妻に対する映画の中での取り扱い方、同じく宣伝の方法にも勿論不満はあるが、芸術家というものにはどこか毅然としたところがなければ芸術家たりえない、映画にはそれが全然表現されていなかった。」という。

一般大衆に受けさえすれば、製作者としては成功作ということになろうが、やはり雨情関係者をも満足させるものでなければ、本当の意味で成功作とは言えないのではないかと私は思う。少々疑問なのは、原作者の時雨音羽という作者は雨情とは懇意の間柄であったから、雨情の人柄は十分認識していたにも拘らず、雨情関係者に批判されるようなものしか作れなかったのは不思議でさえある。

## 十九、雨情と詩碑

文学碑というものには大別して句碑、歌碑、詩碑の三つが主たるものだと思うが、ある調査によれば、わが国の文学碑の総基数はおよそ、有名無名をとわず二万基あるという。その中で句碑が断然多い。俳聖松尾芭蕉などは全国に千八百基あるという。短歌俳句というのは字数が少ないこともあって、大きな石材を必要としないから、碑に取り込みやすい利点があるのと、歌や俳句の実作者は全国で膨大な数だから、こうした碑が多く作られるのは当然の結果であろう。しかし、その句なり歌がその場所になんらかの関係が必要だと思う。その土地にまったく関係のない作品を碑にするというのはあまり意味がないと思う。しかし残念なことだが、そうした碑もかなりあるのである。あたかも関係があるかの如く建碑して、その土地の宣伝に利用するのである。そうした不純な動機によって建碑するのは賛成できない。

さて、詩碑であるが、詩というのは短歌俳句と違って長文で字数が多いことと、短歌俳句に比べて、作詩者は至って僅少である。こうした現状を考えれば、当然その基数は少なくなるということになる。以上述べたことをふまえて、雨情の詩碑が何基あるのかを調べてみた。その結果は、予想を越える意外な数値であった。雨情の碑は全国に建碑されていたのである。その数、百七基という予想をはるかに超える数であった。歌碑として最も多いのは啄木だと思うが、その数百六十三基である。歌碑でも百基以上ある歌人は他にないと思うから、詩碑で百を超える詩人は他にあるとは思えない。しかも二八県に建碑されている。それは、北海道、宮城、山形、茨城、栃木、群馬、埼玉、東京、千葉、神奈川、長野、新潟、静岡、愛知、三重、和歌山、奈良、兵庫、鳥取、広島、山口、愛媛、徳島、福岡、熊本、長崎、宮崎、鹿児島、の各県である。

その内、雨情の故郷である茨城県に三十基あり、当然ながら最も多い。このように各県に散在している原因の一つは、その地方の民謡、何々小唄とか何々節といったその土地から依頼されて作った民謡がかなりあるので、依頼者は建碑して土地の宣伝に利用するというケースが雨情碑を多数にした一因になっているとも思う。

童謡や民謡で建碑されているのは、

赤い靴

青い眼の人形

七つの子
しゃぼん玉
あの町この町
兎のダンス
十五夜お月さん
四丁目の犬
証城寺の狸囃子
俵はごろごろ
雨降りお月さん
船頭小唄
波浮の港

などであるが、大体有名な歌は殆どはいっている。その中で「赤い靴」が最も多く六基ある。なお、地方名で歌われた民謡はさらに多く十九基に及ぶ。

名寄小唄
層雲峡小唄
磯原節
磯原小唄
恩根内小唄
安城小唄
五ヶ所湾小唄
井の頭音頭
周参見温泉歌謡七章
播磨港節
三朝小唄
安浦たんと節
大師山から
池田小唄
阿波の名所の

今治音頭
帆柱山の歌
牟岐港節
鹿屋小唄

以上である。

## 二十、雨情とアンケート

「公文教育研究会」で東京と大阪の母親を対象に童謡についてのアンケート調査を実施した結果は次のようになっている。数字は、パーセントを示す。

童謡は好きか。　好きが九割
興味があるか。　東京、七九・二　大阪、八十・四
子育てに効果あり。全体で、九五・二
歌ってやりたい。　東京、七七・六　大阪、八六・四

童謡のイメージ。暖かいが全体で、七三　楽しいが、全体で、六三

思い浮かぶ季節。　春が圧倒的に多い。

印象に残った童謡。トップが「赤とんぼ」「ぞうさん」「七つの子」と続き十位に「赤い靴」が入っている

東京では、「七つの子」がトップで以下「サッちゃん」「月の砂漠」が続き、大阪はトップが「赤とんぼ」で「ぞうさん」「七つの子」が続く。

この結果を見て言えることは、雨情の「七つの子」が東京、大阪で共にベストスリーにランクされている事実は、彼の童謡が多くの子供達に愛されていることを物語っているのだから、「七つの子」は雨情の代表歌として間違いないことを証明されたと言っていい。

「七つの子」について、上笙一郎氏は次のように指摘している。「雨情は、烏の鳴き声を『可愛い、可愛い』ととらえました。烏の鳴き声を『可愛い、可愛い』と聞く耳を、もしも雨情が持っていなかったら『七つの子』はこの世になかったかも知れません。」

この指摘は言われてみると、その可能性は捨てきれないように思う。

また、古茂田信男氏は、「雨情の童謡が詩としてよいのはもとより、一見平凡に見え

るものでも、ひとたび曲に乗って歌になると俄然精彩を放つ、雨情の童謡が最高に歌われているのは決して偶然ではない。」と言う。（西條和子・「童謡に関するアンケート調査から」）

これはその通りであると思う。歌うというからには、曲の占めるウエイトが大きく左右するわけで、よく歌われるためには、詩と曲とがマッチしていなければならない。そもそも童謡が広く長く歌われ続けるのは、曲が付くからであって、詩だけでは長続きはしないだろう。その点、雨情の童謡には、中山晋平、本居長世といった優秀な作曲家がコンビになったことが大きいと思う。

## 二十一、雨情の童謡観ノート

雨情は童謡についての考えを「童謡の作りやう」とか「童謡十講」また「童謡作法問答」などですべて述べてはいるが、このノートには十八項目に渡って詳細に提示している。これは、童謡を作るうえでの参考になるとともに、雨情の童謡観といったものがよく解る。

「童謡復興」
一、民族性に目覚める事。
一、翻訳の時代は過ぎて創作時代の事。
「童謡と唱歌」
一、童謡は唄うために生まれたもの。
一、唱歌は唄わすために作られたもの。
「童謡の本質」
一、子供の境地にも大人の境地にも判ること・子供のものであって大人のもの。
一、芸術品として完全たるもの。
一、芸術は写真ではなく内面的でなくてはいけない。写真は芸術と云う事は出来ぬ。
一、写真芸術、芸術的写真とは同じ写真でも芸術的撮り方のもの。
一、実際に遠い想像でもよい、それが実際にあり得べく連想されるなら。童謡は詩である。詩の中でも一番純真な詩である。
「童謡を作るうえの注意」
一、童謡は調律が第一。

一、日本の事は日本の言葉を以って云い現すのが適切である。地方の事は地方の言葉が適切である。生活にふれるからである。
一、童謡にも矢張り生活は必要である。
一、生活はくらしの意味でない。日常の有様、個性の意なり。
一、雀には雀の生活があり、テーブルにはテーブルの生活ある。
一、土を離れてその国の芸術はなし。童謡もありません。
一、子供の事さえ書けば童謡だと思ったら大変な相違なり。
「童謡の目的」
一、よき唄を与えて俗悪な唄を退治せよ。
以上で「童謡観ノート」は終っている。
これで私が当初予定していた雨情に関する項目は終了することにしたい。

## 二十二、結語

私が雨情に関心を持ったのは、彼が北海道で石川啄木との交遊が出来たとき、雨情が啄木に話したという記事が啄木の日記に記載されている。それは明治四十年十月五日のことで、雨情は「予は善事をなす能はざれども悪事のためには如何なる計画をも成しうるなり。」と言っているのである。この記述を読んだとき、この詩人は一体どんな人物なのかを計りかねたのである。したがって彼の人物像をさぐってみたいという希望をかねてから抱いていた。しかし私は、啄木にのめり込んでいた関係で、その機会はなかなかこなかった。啄木についてはすでに二十年以上も書き続けて来たので、そろそろ卒業しないと、今年は八十七歳という全く先の保障されない年代に入っており、しかも肺の手術後、体重が十三キロも落ちて、それこそ老骨の身となっては、今年何とか着手しなければその機会を永久に失うような気がした。意欲だけはまだ持ち合わせていたので、一応啄木は終了させてもらうことにして、年末から新春にかけて野口雨情の執筆作業に入ったのである。

歩行は何とか杖を頼りにしているが、幸い手指は動くので、キーボードを叩くことは出来る。だが右目は手術したので手元がよく見えるのだが、左目は霞がかかったようで全く駄目なのだ。片目で仕事をしなければならずその点で苦労している。雨情の文献をあれこれ読んでゆくと、いろいろと多くの必要な項目が出てきて、これをまとめて一本の論考に仕上げるのは、今の私にとってはおよそ困難であることが予想された。それで数日熟慮した結果、一つの結論に達したのである。こうした形態は、これまで私が採用したことはなかったが、案外面白いのではないかと思った。それは各項目を並列に並べて、それぞれに私見を付けてゆくといった方法である。これならば私も記述するのが楽だし、読者にしても、だらだら長々とした論考を読まされるよりは、読み易いし頭にも入り易いのではないだろうか。こうした形態であれば、一般に言う論考だと言うつもりはない。読者に雨情の資料を提供したのだと思ってもらって、読者各自で、それぞれの雨情像を描いてもらえばいいと私は思っている。そのために十分な資料を提示したと考える。ここで私の感じた雨情像を述べて最後の記述としたい。

雨情には表裏二面があったと思う。普通表裏というと表面は良くて、裏面が悪いといった印象を受けるが、彼の場合は表裏共に抜群に良好だということである。雨情の写真を見ると、一見温和で、やさしく、気弱で内向的な人物のように見える。雨情も「小樽日報」に行くことを小国露堂が啄木に告げたとき、啄木が「どんな人だい」と聞くと、「一二度逢ったが、至極温和で丁寧の人だ。」と露堂はいう。だがしかし啄木はその言葉を信じなかったのである。そして本人に初めて会ったとき、啄木は「生来礼にはならぬ疎狂の予は少なからず狼狽した程であった。気障《きざ》も厭味《いやみ》もない、言語《ことば》から挙動から、穏《おと》和《なし》づくめ、丁寧づくめ、謙遜づくめ。デスと言はずにゴアンスと言って、其度《その》些《ちょい》と頭を下げるといった風。」（悲しき思出）と言うことで、流石の啄木も脱帽の様子が伺える。つまり誰が見てもこの印象は変わることはないのだ。普通は、目上の者には敬語を使って話すが、目下の者にはそう丁寧な言葉では話さない。つまり相手によって使い分けているのである。だが雨情は違っていた。すべての人に同様の態度なのだ、目下の者にでも、呼び捨てにすることはなかったという。雨情と面識のあった人は皆同様に語っているから、この点疑う余地はない。この態度は生来身についたものであろう。それは彼が良家に生を享けたという環境に由来するものかとも考える。大体童心ということを大切にし、貧者に対しても常にいたわりとやさしい心を傾ける者に悪人などいる筈はない。横沢千秋は「忘れ得ぬ紹介状」という文章の中で次のように書いている。「質朴な、一見いわゆる田舎の土臭い役場の吏員さんとも感じられる雨情先生のタイプだったが、よくその風貌を見つめると、やっぱり、ただの人ではなかった。気さくな好人物らしい立居振舞いの中にも、その眼は、人間的内容と品位をたたえていた。」この人物評に私は同感である。表面はこれくらいにして、次にその裏面を見ることにしよう。

私が雨情の風貌から感じていたものからは、到底想像できないような裏面が明らかになったとき、私はその意外な事実に驚かされたのである。それは決断したら断固として実行するという強固な意思である。こうした内面の心情は、彼の風貌やその態度からはまず感じ取れる人はないと思う。「人は見掛けによらぬ」という言葉があるが、雨情はそれに間違いなく該当する人物であった。

最初に私を驚かしたのは、雨情がまだ学生時代の頃、あの有名な乃木将軍を訪問した話であった。この件は前にも述べたので、繰返すようで恐縮だが、彼の裏面を述べる必要上再び触れさせていただく。乃木大将は、明治天皇がお隠れになった際、彼は自決して果てた。その夫人もまた夫の後を追って自決されたのである。この痛烈な事件は私の胸にいまだに残っているが、将軍は国民の等しく尊敬した軍人で、忠臣と言える人物であった。軍隊では大将クラスになると、兵隊から見れば雲の上の人で、直接話など出来る相手ではない。その姿でさえ見ることは殆どないのである。こうした相手を雨情は何のためらいもなく、しかも用件もないまま単身で、ただ将軍に会いたいという単純な動機で自宅を訪問したのである。この行為は一般には非常識とか、無謀ということになるが、それはそれとして、私は、思ったことは絶対に断行するというその強固な意志に感動を覚えたのである。無論出迎えた書生は「用件のない人には取り次げない」と一応断ったのも当然であるが、雨情はねばった。なんとしても会いたい一心なのである。ついにその熱意に負けて取り次ぎ、乃木将軍に面会できた。用もないものに会う必要はないと追い返されても仕方のないケースだったが、雨情の決意が勝利したのである。彼のこの行動から、私は少々考える機会をあたえられた。それは常識にあまりこだわって、あれこれ制約をうけると、したい事でも出来なくなるといった問題があると思う。つまり人間が小さくなるのである。例えば、エベレストのような高山に冬、頂上を目指して、果敢に挑戦する登山家がいるとしよう。この行為は死と隣り合わせである。雪崩が何処で何時起こるかもわからない、クレパスに転落する危険もある。寒さに耐えられなくなることもあろう。そんな事を考えると、一般の者はまず敬遠したほうが無難だと思うのである。しかし果敢に決行する人物も世の中にはいるのである。それは頂上を征服したときの何にも変えがたい達成感が危険などということよりも上位にあるからであろう。したがって私はそうした常識に囚われない人物がいてもいいのではないか、といった気がしてきたのである。

雨情にはこうした常識外の行為がまま見られるが、つぎも前に述べた樺太旅行のケースである。明治三十九年六月、日露戦争の勝利によって、樺太の南半分が日本の領土となった。それまではロシヤが管理していたわけだから、当時樺太の内部事情について、一般の国民は殆ど知識を持たなかったと思う。そうした時期の七月、というのは領有して僅かに一ヶ月後のことである。雨情は樺太の旅行を計画し実行にうつしたのである。特に重要な理由があったわけではない。そして樺太の内部事情を知っていた訳でもない。ただ五十度の国境線まで行って見たいといった単純な動機だったと思う。当時こうした計画を立案するような者はまず絶無であろう。それこそ非常識、無謀といった非難を受けるだけである。しかし彼はそんなことは当然判っていたと思うが、無視して計画を実行するというその、強固な意志に私は脱帽するのである。

彼は青森で芸者と同行していて旅行資金として八百円を所持していたというが、その金を芸者に持ち逃げされたと、述べている記述もあった。私はどうも信じ難いように思う。そんな状況になれば、無一文ではとうてい旅行は無理なわけで中止せざるを得ないと思うのだが、彼はそのまま旅を決行しているのである。そして大泊の宿で帳場を手伝ったとしても、その程度の仕事で高額の収入を得たとは思えない。ここにどのくらい留まったかは不明であるが、樺太に上陸して以来四ヶ月滞在し、国境線までほとんど徒歩で達しているのであるから、その間の食事や宿泊代にかなりの費用が必要であったはずである。そうしたことを念頭に置けば、所持金を持ち逃げされたという話はどうも私には信ずることができない。私がほとんど徒歩で国境に達したように断定したのは、当時自動車などはなかったと思うからで、あるとすれば荷馬車程度が考えられる。雨情のこの無謀とも思える旅は、かなりの困難をともなったことが予想される。前記した「雨情と樺太」で引用した「旅人の唄」という詩があった。

山は高いし　野はただ広し
一人とぼとぼ　旅路の長さ
かわくひまなく　涙は落ちて
恋しきものは　故郷の空よ
今日も夕日の　落ち行くさきは
どこの国やら　果てさえ知れず

（以下略）

この詩を読めば、雨情の悲しい旅の姿が読者の胸に強い印象として残ると思う。彼はおそらくこの旅が無謀だったことを反省していたかも知れない。それは、行けば行くほど、帰途もそれだけ長距離になるわけだから、考えただけで、気が遠くなるような想いがしたであろう。だが彼は予定した五十度線直下で日本海側のアモベツ（安別）に到着しているのである。苦難の旅を続けながら、とにかく予定した目的を断行したという雨情の決意を私は高く評価するのである。こうした旅は誰にでも出来ることではない。雨情だから出来たのだと思うからである。これらのケースは、表からは絶対に見えない、彼の思ったことは必ず実行するという、裏面を遺憾なく物語っていると思う。雨情の生涯を通観して見るに、かつて彼が啄木に語った「予は善事をなす能はざれども悪事のためには如何なる計画をも成しうるなり。」と言う言葉は、私には反対のように思われる。「予は悪事をなす能はざれども善事のためには如何なる計画をも成しうるなり。」このほうがよほど雨情らしいと私は思う。ただ啄木に語った時には、おそらく「主筆排斥計画」を実行するために啄木に語ったものと私は考えている。これが雨情にとって生涯唯一の汚点であったと思う。

## 参考文献

「石川啄木全集」二、四、五、六、七巻・筑摩書房・昭・五・九。
「石川啄木事典」国際啄木学会・おうふう、平・一三・九。
司代隆三著「石川啄木事典」明治書院・昭・四五・十一。
斉藤三郎著「続文献石川啄木」青磁社・昭・一七・五。
雨情会編「雨情会会報」金の星社・平・七・一。
長島和太郎著「詩人野口雨情」有峰書店新社・昭・五六・五。
上田信道編「野口雨情百選」春陽堂書店・平・一七・十一。
古茂田信男著「七つの子野口雨情歌のふるさと」大月書店・平・四・四。
東道人著「野口雨情童謡の時代」踏青者・平・十一・
みんなで書いた「野口雨情伝」金の星社・昭・五七・十一。
藤田圭雄編「野口雨情童謡集」弥生書房・平・五・十一。
阿井渉介著「捏像・はいていなかった赤い靴」徳間書店・平・一九・十二。
中村智志・記「赤い靴の定説に異論」「週刊朝日」八号・平・一九・十二。

山下多恵子著「啄木と雨情」北方文学創刊五十年記念号・玄文社・平・二・六。
水戸勇喜・記「童謡赤い靴の哀話」「さつき二号」平・一九・十。
星雅義・記「鈴木志郎と童謡赤い靴」啄木学会東京支部会報十号・平・一四・三。
大庭主税著「啄木を追いながら」湘南啄木文庫・平・一九・一。
奈良達雄・記「野口雨情の教育論に学ぶ」赤旗・平・二十・一。
堀野羽津子編「童謡と唱歌」成美堂出版・昭・五十三・五
井上信興著「新編・啄木私記」そうぶん社・平・四・八。

# 啄木と野口雨情

啄木の子供時代はかなりのわがままな子であったということはよく知られているが、一方後年の雨情からは想像出来ないほど、彼もわがままな子供であったようだ。昭和五年二月号の「婦人倶楽部」に彼自身が述べている記事が大変興味深いので、少々長いが引いてみよう。

「私どもの家は、茨城県磯原町に古くから住む水戸藩の郷士で、生活に困るということもなかったので、随分自由に我儘に育てられて来ました。それで終始無理な我儘を言って、少なからず両親を困らせたやうでありましたが、しかしどんな場合でも頭から叱りつけるといふやうなことはなく、出来得る限りその我儘を入れて呉れました。忘れもせぬ、それは私の三、四歳の時分でありましたらうか。その頃村へ毎日のやうに飴屋がきましたが、飴を買ってもらふだけでは承知が出来ず、飴屋の真似がしたくて堪らなくなった私は飴屋の飴箱を買って呉と言ひ出したものです。これには飴屋も弱って仕舞ひ、

『飴なら商売でいくらでも買って頂きますが、これが無くては明日から商売が出来ません。』といふし、また両親も『あれは飴屋の商売道具だから、家で別なのを拵えてやるから』といろいろなぐさめるやらすかすやらしたものですが、一度言ひ出したが最後、なんとしても引かぬ、私は頑として聞き入れぬので、仕方なく出入りの大工に早速新しいのを作らせ、それを飴屋に与へることにして、とうとうその飴屋のを譲ってもらったものです。」

とある。この記事で見る限り、雨情の方が啄木のわがままより上のようにも思われる。双方の両親共に、彼らは一人息子なので子供の要求は何でもかなえてやったのだろう。こうしてみると、啄木、雨情両家の一人息子に対する態度は同一であり、特に母親は共に溺愛したと伝えられている。しかし、成人してからの二人の態度にはかなりの相違が見られる。啄木にはわがまま、といった性格が残っていたが、雨情からはほとんどそうした姿は消えていた。

啄木が雨情に初めて会った時の、この二人の記述はまったく違っている。まず啄木の記述であるが、彼は明治四十年九月二十三日の日記で、雨情と会った日のことを次のように述べている。「夜小国君の宿にて野口雨情君と初めて逢へり。温厚にして丁寧、色青くして髯黒く、見るから内気なる人なり。共に大に鮪のサシミをつついて飲む。嘗て小国君より話ありたる小樽日報社に転ずるの件確定。」「小樽日報は北海事業家中の麒麟児山県勇三郎氏が新たに起すものにして、初号は十月十五日発行すべく、来る一日に編輯会議を開くべしと、野口君も共にゆくべく、小国も数日の後北門を辞して来り合する約なり。」啄木の記述では、「夜小国君の宿にて野口雨情君と初めて逢へり。」となっている。

しかし雨情の記述はまったく違っていた。「札幌時代の石川啄木」という文章によると、啄木との最初の出会いはつぎのように書かれている。これも少々長いが引用してみよう。

「ある朝、夜が明けて間もない頃と思ふ。『お客さんだ、お客さんだ』と女中が私を揺り起す。『知っている人かい、きたない着物を着てる坊さんだよ』と名刺を枕元へ置いていってしまった。見ると古ぼけた名刺の紙へ毛筆で石川啄木と書いてある。啄木とは東京にゐるうち会ったことはないが、与謝野氏の『明星』で知っている。顔を洗って会はうと急いで夜具をたたんでいると、啄木は赤く日に焼けたカンカン帽を手に持って、洗い晒しの浴衣に色のさめかかったよれよれの絹の黒っぽい夏羽織を着てはいって来た。時は十月に近い九月の末だから、内地でも朝夕は涼し過ぎて浴衣や夏羽織では見すぼらしくて仕方がない。殊に札幌となると内地よりも寒さが早く来る。頭の刈方は普通と違って、一分の丸刈である。女中がどこかの寺の坊さんと思ったのも無理はない。『私は石川啄木です』と挨拶する。『さうですか』私は大急ぎに顔を洗って、戻ってくると、『煙草を頂戴しました』と言って私の巻タバコを甘さうに吹かしてゐる。『実は昨日の夕方から煙草がなくて困りました』『煙草を売ってませんか』『いや売ってはゐますが、買ふ金が無くて買はれなかったんです』と、大きな声で笑った。かうした場合に啄木は何時も大きな声で笑ふのだ。この笑ふのも啄木の特徴の一つであったらう。そのうちに女中が朝飯を持って来た。『朝の御飯はまだでせう』『はあ、まだです』女中に頼むと直ぐ御飯を持って来た。御飯を食べながら、いろいろと二人で話した。札幌には自分の知人は一人もない。函館に今までゐたのも宮崎郁雨の好意であったが、宮崎も一年志願兵で旭川の連隊へ入営したし、右も左も好意を持ってくれる人はない全くの孤立である。自分はお母さんと、細君の節子さんと、赤ん坊の京子さんと三人あるが、生活の助けにはならない。幸ひ新聞で君が札幌にゐると知ったから、君の新聞へでも校正で良いから斡旋して貰はうと札幌までの汽車賃を無理矢理工面して来たのである。何んとかなるまいかと言う身の振り方の相談であったが私の新聞社にも席がないし、北門新聞社に校正係が欲しいと聞いたから、幸ひに君と同県人の佐々木鉄窓氏と小国露堂氏がゐる。私が紹介をするから、この二人に頼むのが一番近道であることを話した。啄木もよろこんで十時頃連れ立って下宿屋を出た。これが啄木と始めて会ったときの印象である。」

この記述が啄木と雨情との初対面の状況だとすれば、雨情と啄木との記述では全く違っている。違っているならば、どちらかが虚偽の記述をしたと言うことであろう。雨情と啄木のどちらの記述が信用出来るかといえば、私は啄木の記述を信じたい。何故ならば、啄木は日記に書いているのに対して、雨情の記述は三十数年後に書かれたものだからである。日記というものの性格からすれば、その日その日の出来事を綴るものだから、雨情と何か不都合な事情でもない限り、真実が述べられているものと考えられる。一方雨情の記述で私が疑問に思うのは、三十年以上も前に会った初対面の人と交わした会話があまりにも鮮明な点である。私などは、十年前に初対面の人と交わした会話でさえもほとんど記憶していない。それが三十年も以前の会話を鮮明に記憶しているなどということはまず考えにくい。また、「札幌には自分の知人は一人もない」とか、「幸ひ新聞で君が札幌にゐると知ったから汽車賃を無理矢理工面して来た」そして、「君と同県人の佐々木鉄窓氏と小国露堂氏がゐる。私が紹介をするからこの二人に頼むのが一番近道である」こうした記述は事実ではない。札幌にはすでに函館での知人向井が行っていて九月八日の啄木日記には、「この日札幌なる向井君より北門新報校正係に口ありとのたより来る。」とあり、この記事からは、知人のいたことがわかるし、就職を世話したのは、露堂からの情報を向井が受けて啄木に連絡して来たのであろう。啄木が札幌に行く前にすでに啄木は就職口のあることを知っていたのだから、雨情の世話には全くなっていない。札幌には向井からの連絡によって行ったのであって、雨情のいることがわかったから札幌に出かけたのではない。こうしてみてくると、雨情の記述は、事実無根であって私には彼の創作としか思えない。したがって、雨情の記述を信用すると、とんでもない過ちを犯すことになろう。

その後の記述も信用できないものである。「函館から三人も後を追って家族が来るとは判らなかった。社長からは女や子供は連れて行けと叱られるし、僕も困って彼に話すと彼も行くところが無いと言ふし、やっとひと月八十銭の割で荷馬車曳きの納屋を借りた。彼は諦めてゐるからいいやうなものの、三人の家族達は可哀想なもんだな」とあるが、この記述は問題外というほかはない。啄木が家族を伴って札幌に行ったのではなかった。九月二十一日の早朝、啄木日記には「朝の八時四十分せつ子来る、京子の愛らしさ、モハヤ這ひ歩くやうになれり。この六畳の室を当分借りる事にし、三四日中に道具など持ちて再び来る事とし、夕六時四十分小樽にかへりゆけり。」節子は子供を連れて啄木に会うため札幌に行ったが、その夜すぐに小樽に帰っている。それから三日後に節子へ、「来札見合すべし」という電報を打った。それは前日、小国露堂からの「小樽日報」への入社相談がまとまったため、札幌を去ることが決定したからである。したがって、雨情がいう「荷馬車引きの納屋を借りた。」などという必要も、その事実もないことは明らかである。私が思うに、雨情は後年啄木に対してあまりいい感情を持っていなかったのではないかと考えざるをえないのである。「小樽日報」での短期間のつき合いであったとしても、一応友人であるから、こうした出鱈目な記事を書いていいものかどうか、はなはだ疑問だと思う。というのも、発表されれば、後世に残るのだから、啄木の愛好者をまどわし、啄木研究上ばかりでなく、啄木自身にとってもはなはだ迷惑をこうむることになるからである。

さて、「小樽日報」入社後の二人の交遊を啄木日記で追うと、初対面から二日目の九月二十五日に早くも啄木は雨情を訪問している。彼に好感を持ったからであろう。そしてまた二日たった九月二十七日、入社したばかりの「北門新報社」に退社することを告げ、「帰途、野口君を訪へるに、小樽日報主筆たる岩泉江東に対し大に不満あるものの如し。」と、十月三日には、「野口君と予との交情は既に十年の友の如し。」と言い、啄木はすっかり雨情の虜になったようである。そして二日後、十月五日の記事「一時頃再び野口君をつれて来て同じ床の中に雑魚寝す。社の岩泉江東を目して予等は『局長』と呼べり、（中略）局長は前科三犯なりといふ話出で、話は話を生んで、遂に予等は局長に服する能はざる事を決議せり。予等は早晩彼を追ひて以て社を共和政治の下に置かむ。」といったはなはだ危険な謀議を企んでいたのであるが、この件は後の雨情の啄木に関する記述に影響をもたらしたと私は考えている。

この事件については後述することとして、その後を続けると、「彼は其風采の温順にして何人の前にも頭を低くするに似合はぬ隠謀の子なり。自ら曰く、予は善事をなす能はざれども悪事のためには如何なる計画をも成しうるなりと。時代が生める危険の児なれども、其趣味を同じうし社会に反逆するが故にまた我党の士なり焉。」と言って雨情に好感をしめしている。啄木は常に反逆精神に一種の憧憬をいだいていた男であったから、そうした人物とはすぐに意気投合するのである。

話はちがうが、十月十三日に、つぎのような記述がある。「野口君の移転に行きて手伝ふ。野口君の妻君の不躾と、同君の不見識に、一驚を喫した」という。妻ひろは、明治三十七年十一月、雨情と結婚したが、彼にとって必ずしもよい妻ではなかった。古茂田信男の「北海道時代の雨情」によると、この時の事を妻ひろは次のように弁解している。「そのとき、わたしはお腹に長女のみどり子をかかえ、今日明日生まれるばかりのお腹でしたのでわたしは荷物に腰かけたまま、無頓着なうちの人をあれこれ指図して片づけてもらいましたから、それで啄木さんがびっくりしてそう書かれたのでしょう。啄木さんは筆の達者なひとですからね、わたしはそんな意地悪ではありませんよ。」と。しかし、わざわざ手伝いに行った啄木にしてみれば、なんとも高慢不遜な女だという感じを持ったのであろうし、雨情もまた、何も言わず、妻のなすがままにしていたのであろう。啄木の性格からすれば、情けない男と映ったに違いない。

話をまた前にもどすが、啄木日記十月十六日の記事は重要である。「この日一大事を発見したり、そは予等本日に至る迄岩泉主筆に対し不快の感をなし、これが排斥運動を内密に試みつつありき、然れども、これ一に野口君の使嗾によれる者、彼『詩人』野口は予等を甘言を以て抱き込み、秘かに予等と主筆とを離間し、己れその中間に立ちて以て予等を売り、己れ一人うまき餌を貪らむとしたる形跡歴然たるに至りぬ、予と佐田君と西村君と三人は大に憤れり、彼何者ぞ、噫彼の低頭と甘言とは何人をか欺かざらむ。予は彼に欺かれたるを知りて、今怒髪天を衝かむとす、彼は其の悪詩を持ちて先輩の間に手を擦り其の助けによりて多少の名をかち得たる文壇の奸児なりき、而して今や我らを売って一人欲を充たさむとす、『詩人』とは抑々何ぞや。」ここには啄木の雨情に対し、込み上げて来る怒りが爆発している。しかし啄木のこの怒りが私にはよく理解できないのである。翌日には、「午后野口君他の諸君に伴はれて来り謝罪したり。」それで啄木は許したとのべているのである。「予らを売り」とは何を誰に売ったというのであろうか。具体性がないのでよくわからないが、また、主筆がどうして野口が彼を排除しようとする計画の首謀者であることを知ったのであろう。誰かが告げ口をしない限り解らないはずである。野口自身が漏らしたのであろうか。そうしたことは有り得ない。しかし、十月十八日の日記は、「午后野口君他の諸君に伴はれて来り謝罪したり。許すことにす。」とある。謝罪したというのだから、野口の方に非があったのであろう。十月三十日の日記に、「主筆此日予を別室に呼び、俸給二十五円とする事及び、明後日より三面を独立させて予に帳面を持たせる事を云ひ、野口君の件を談れり。野口君は悪しきに非ざりき、主筆の権謀のみ。」ここでは五円増俸されて、野口の主任を解除し、新たに啄木を任命している。この時点で主筆は野口の解雇を決定していたのだ。野口は翌三十一日社を去って行った。これでは啄木の話は逆で、結果的にみれば「売った」のは野口よりも啄木の方になるのではないか。「野口君は悪しきに非らざりき、主筆の権謀のみ。」というのも私には理解しがたい。野口は主筆排除の首謀者だから、「野口君は悪しきに非らざりき。」ということはない。啄木とて野口に加担して主筆排斥の片棒を担いだのだから、普通に考えれば、共謀者であるから同罪である。野口だけ処分されて、啄木はむしろ優遇されるというのも、私には矛盾しているように思われる。

この部分を明快に解説出来る方があればお聞きしたいものである。この主筆も後に退社し、後任に啄木の推挙した函館での友人澤田信太郎が着任したが、この問題について、「北海道時代の回顧録」の中で澤田は次のように述べている。「三面主任の野口雨情によって、主筆岩泉江東排斥の口火が切られ、首謀者の野口雨情が首切られ、意外にも啄木は約束より五円多く給料を貰って、雨情に代って三面の主任を命ぜられ、招かずして、得意の地位に据えられて了った。」と書き、結果だけを述べている。また、伊藤整は「日本文壇史」の中で、「結果としては啄木が雨情を裏切ったと同様のことになった。」

ところで、ところで、これも結果を簡単に述べているにすぎない。そして、長島和太郎著「詩人野口雨情」長島和太郎著「詩人野口雨情」でも、「青年の血潮がたぎる進歩的理想主義に燃える雨情と啄木は、主筆の排斥運動を起こし、戦ったがついに老獪な主筆岩泉江東に破れ、逆に社を追い出される結果となる。」としか述べていない。

私は疑問の多いこの件の経過に強い関心をもったが、その点に触れた記述を発見することはできなかった。つまり経過はどうあれ、結果が明確であればいいということであろう。さて雨情は、「小樽日報」を退社後もしばらく小樽に留まっていたが、翌明治四十一年五月「北海道新聞社」に入社した。しかし早くも九月には退社して「室蘭新聞社」に移った。その後、世話をする人があって、「胆振新報」に籍を置いたが、四十二年十一月、旭川の「北海朝日新聞」に就職したのを最後に十二月には北海道を後にして帰郷している。雨情の新聞記者生活をみると、啄木同様に転々として、一箇所に落ち着くということはなかった。この点啄木と雨情は類似していると思う。

話は違うが、雨情にとって甚だ迷惑なことだが、誤報が新聞記事になったことがある。それは、明治四十一年九月十九日の「読売新聞」に、「野口雨情氏逝く」という見出しで次のように報じられた。「口語体の作詞家として東都詩壇の一方に頭角を現し居たりし同氏は、昨年初夏の候北海道札幌に赴き札幌の諸新聞に従事しありしが、久しく病気の処此程札幌に於て客死するに至れり、氏は常陸磯原の人、行年僅かに二十有八歳なり。」というものである。啄木はその日の日記に、「読売新聞で、、野口雨情君が札幌で、客死した旨を報じた。口語詩人としての君の作物の価値は、僕は知らぬ。然し予は昨年九月札幌で初めて知って以来、共に小樽日報に入り、或る計画を共にしたのだ。今年上京の際は、相携へて津軽海峡を渡る筈だったが、予は一人海路から上京したのだ。最後の会合は今年四月十四日午後小樽、開運町なる同君の窮居に於てであった。予は半日この薄命なる人の上を思出して、暗然として黄昏に及んだ。」

啄木は野口雨情の突然の死に際して、早速追悼文を書いた。「悲しき思出」という文章がそれである。しかしこれはかなりの長文のため、ここに全文を引くわけにはゆかないので、必要な部分を多く引用することとする。「予を北門に世話してくれたのは、同社の硬派記者小国露堂といふ予と同県の人、今は釧路新聞の編輯長をしてゐる。此人が予の入社した五日目に来て、『今度小樽に新らしい新聞が出来る、そっちへ行く気は無いか。』と言ふ。よし行かうといふ事になって、色々秘密相談が成立った。其新聞には野口雨情君も行くのだと小国君が言ふ。『どんな人だい』と訊くと、『一二度逢ったが至極穏和《おとなし》しい丁寧な人だ。』と言ふ。予は然し、実のところ其言を信じなかった。」

啄木自身丁寧にものを言う性格ではないし、友人知人にしても啄木と同じような若者だっただろうから、おとなしく丁寧などという若者を信じることができなかったのだろう。しかし雨情と会ってみると、「気障も厭味もない、言語《ことば》から挙動《ものごし》から、穏和《おとなし》いづくめ、丁寧づくめ、謙虚づくめ。デスと言はずにゴアンスと言って、其度些《ちょい》と頭を下げるといった風《ふう》。風采は余り揚がってゐなかった。」啄木が露堂の話しから想像していた人物以上の人であったと感じたと思う。彼の周囲にはこうした人物は多分いなかっただろうからさぞ驚いたにちがいない。

「会議が済んで社主の招待で或洋食店に行く途中、時は夕方、名高い小樽の悪路を肩を並べて歩き乍ら、野口君と予とは主筆は遺跡の陰謀を企てたのだ。編輯の連中が、初対面の挨拶をした許りの日、誰がどんな人やらも知らぬのに、随分乱暴な話で、主筆氏の事も、野口君は前から知って居られたが、予に至っては初めて逢って会議の際に多少議論しただけの事。」とある。雨情は以前《まえ》から主席筆についての知識を持っていたとしても、突然こうした提案を持ち出したのは、啄木なら乗ってくるだろうと読んだからだと思う。でなければ、こうした反逆行為は誰にでも言える話ではない。啄木は後に「此陰謀は野口君の北海道時代の唯一の波瀾《やま》であり、且つは、予の同君に関する思出の最も重要な部分であるのだが、何分事が余り新らしく、関係者が皆東京小樽札幌の間に現存しているので、遺憾ながら詳しく書く事が出来ない。最初『彼奴《あいつ》何とかしようぢやありませんか。』といふ様な話で起った此陰謀は、二三日の中に立派な理由が三つも四つも出来た。其理由も書く事が出来ない。兎角して二人の密議が着々進んで、四日目あたりになると、編輯局に多数を制するだけの味方も得た。」「此陰謀は予の趣味で、意志でやったのではない。野口君は少し違ってゐた様だ。」「予は間《ま》がな隙《すき》がな向不見《むかふみず》の痛快な事許りやりたがる。野口君は何時でもそれを穏かに制した。また、予の現在有《も》ってゐる新聞編輯に関する多少の知識も、野口君より得た事が土台になってゐる。これは長く故人に徳としなければならぬ事だ。それかと云って、野口君は決して」ここで切れているのである。以後まったく書かれていない。

　私は「悲しき思出」という追悼文に啄木はきっと、主筆排斥運動のすべてについての顛末が述べられているのではないか、といった期待をもって読んだのであるが、この問題の経過に疑問をもっていた私を満足させるものではなかった。啄木が言うように、「関係者が皆現存しているのだから、遺憾ながら詳しく書くことが出来ない。」と言う訳だから、尤もな話で、私の期待が外れたのは当然なのである。この追悼文が途中で切れて、完結していないのには理由があった。野口雨情は生きていたのである。したがって「読売新聞」の記事は全くの誤報だった。啄木がそれを知ったのは、人見という友人からの書簡からである。「寝耳に水で、まだ疑はれる点もあり北海道へ問合中」と書いてあった。九月二十日のことである。それから二日後、返信がきた。「野口は先日室蘭新聞社に転任致し、健在の由、察する所何かの誤聞かと存候。」と言うことで、野口と言う別人の死を新聞記者の勘違いで誤報されたのである。したがって、雨情にたいする「追悼文」もこの報告を受けて、啄木が途中で中止した訳がわかる。啄木は野口雨情の退社によって、三面主任の地位を獲得し、増俸にもなった。そして新聞編輯の知識も彼から得た、ということであれば、啄木は雨情から、多くの恩恵を受けたと言えるが、一方、雨情にすれば、啄木からは何の恩恵も受けてはいない。主筆排除の陰謀事件にしても、啄木と共謀したにもかかわらず、雨情は首を切られたのに対して、啄木は進級、増俸というまるで反対の結果を招いたのであるから、結果的にみて雨情が啄木に好意を持てるはずはないと私は考える。以前に述べた「札幌に来た頃の啄木」という雨情の文章があったが、出鱈目で、啄木に対する好意的な記述は全くなかった。多少でも好意を持っていれば、本人がすでに死亡して読むことはないとしても、ああした文章が書かれるものではない。私が雨情について関心を持ったのは、彼の人格がよく理解出来なかったからであった。というのは、啄木が彼と会ったときの雨情の次の言葉である。「予は善事をなす能はざれども悪事のためには如何なる計画をも成しうるなり。」と言っているからである。だが、啄木も言うように、挨拶にしても、すべてが丁寧づくめだったと啄木も驚くほどで、この事については、彼の友人知人などすべての人がそのように語っているから、これは生来身についていることで、相手によって使い分けているのではない。また使用人や年下の者に対しても、決して呼び捨てにはしなかったと言う。彼が水戸光圀にも信頼されていた茨城地方の名家の出であるということと無縁ではないようにも思う。つまり育ちが一般の者とは違っていたということであろう。外見的風貌も温和で内気なようにも映るが、彼の内心は表面からは見えない、かなり強固な意志を持っていたことが調べてゆくうちに明らかになった。彼は詩作にしても、「童心」「田舎」「土の香」などを根底にすえ、終生他からの影響によって揺らぐことなく貫き通した点などは、如何に意志が強固だったかを物語るものであろう。また、私を驚かしたのは、明治三十九年の六月、単身樺太に渡ったことである。日露戦争によって樺太の南半分が日本の領土になったが、その二年後に過ぎないから、当地の治安がどうなのか、交通の便はどうなっているのか、宿泊施設の有無など、まったくわからぬまま小樽から船でコルサコフ、日本名大泊に渡って行った。こうした事実に照らしても、ただの大人しい良家の若旦那ではないのである。私は其処に彼の外見からは想像できない、決めたらなんとしても実行に移すという強固な意志を感ずるのである。無謀と言えばそれまでのことだが、私などは当時生きていたとして、あの頃樺太などに単身行くなどということは到底考えないだろうし、そんな勇気はまったくないのである。こうした例をみても彼には表裏それぞれ異なった二面を備えていた人物のような気がする。とにかく私にとっては、雨情という人は興味ある詩人なのである。私がこれまで、彼の友人知人の書いたものをいろいろ読んでみたが、悪口を言う者は全くなかった。皆その人柄に信頼をよせているのだ。かつて、雨情が啄木に語った「予は善事をなす能はざれども悪事のためには如何なる計画をも成しうるなり。」と言う雨情の言葉を、私は彼の本心ではないような気がしている。主筆排除を実行するためだけに啄木へ語ったのではないかとも思う。確かに主筆排除などは悪事に違いない。しかし、雨情の生涯を通観して、悪事と判断出来るのはこの、主筆排除事件ただの一件あるに過ぎない。これは彼の生涯で唯一の汚点であった。しかし、

「童心」を終生大切に考えていような人物に、私は悪人などはいないと思っている。

# 童謡「青い眼の人形」と「赤い靴」

この童謡二作のうち、「青い眼の人形」については問題はないが、「赤い靴」のほうには赤い靴をはいた少女のモデルの有無が問題になった。その発端になったのは、昭和四十八年「北海道新聞」に一通の投書があった。その人は北海道中央部の町「中富良野」に住む「岡その」という六十五歳になる女性である。当時「北海道テレビ」のプロデューサーであった菊地寛氏がこの投書に強い関心を抱き、「そのさんの存在を知った私は、彼女のかすかな記憶と、ささやかな証言を手掛りに『赤い靴はいてた女の子』の実像を求めて各地を歩き回るようになった。」（「赤い靴の女の子に恋した私」）

投書の内容は少し長いが引くと、つぎのようになっている。

「幻の姉『赤い靴』の女の子」岡その。

赤い靴
はいてた女の子
異人さんに連れられて
行っちゃつた
横浜の埠頭から
船に乗って
異人さんに　つれられて
いっちゃった

詩人野口雨情は私の長姉君子（キミ）をこのように歌っている。彼女は私の父鈴木志郎の長女で明治の末期に、アメリカ人の宣教師に養女として貰われ、アメリカに渡っている。私の手元にある戸籍謄本によれば、父鈴木志郎は、明治十三年一月二十三日鈴木金兵衛二男として、青森県西津軽郡鰺ケ沢町に生れ、母かよは、明治十七年一月十三日、岩崎清右衛門長女として静岡県阿部郡不二見村に生まれている。私は四女であるが、長女は養女に行き、この謄本には記載されていないので、長女の生年月日が判からないのが残念である。（中略）父母は、雨情夫妻と同市山鼻に比較的広い借家を借りたので同居していたらしい。（中略）生まれて間もない男の子がいて、それが私の姉信と同じ年であるため非常に親しくしていたこと、従ってアメリカに渡った長姉君子のことも話したらしく、それを雨情が童謡『赤い靴』に書いたと思われる。（中略）私の生まれる十年も前に、日本を去った姉の顔を偲ぶよしもないが、瞼をとじると、赤い靴をはいた四歳の女の子が、背の高い眼の青い異人さんに手をひかれて嬉々として横浜の港から船に乗って行く姿を幻の様に思いうかべることができる。」

以上、投書の骨子になる部分を引用させてもらった。この文章の最初のほうで、「詩人野口雨情は私の長姉君子をこのように歌っている。」と、断定しているが、断定するにしては、はなはだ疑問のある記述のように思った。それは、「比較的広い借家を借りたので雨情夫妻と同居していたらしい」とか、「アメリカに渡った長姉君子のことも話したらしく、」といった記述の「らしい」とか「らしく」といった言葉は断定にはならない。「同居していた」「君子のことも話した。」と書いて初めて断定になるのではないか。つまり筆者は自身の体験を述べているわけではないからそうした記述になるのであろう。ならば断定するような書き方は出来ないはずである。

この投書を読んだ北海道テレビの菊地寛氏は、投書にある「赤い靴」のモデルだという君子の存在を追ったのであった。彼の行動はすさまじく、岡そのさんの証言を手掛りに、北海道から、青森、岩手、茨城、東京、横浜、甲府、静岡の国内、そして最後はアメリカにまで及んでいる。この熱心さには敬意を惜しまないが、結果として多くの疑問点を解明できたとは思えない。君子は母かよの私生児ということになっているが、父親は不明である。君子を子供のいないアメリカ人の宣教師へ養女に出したということだが、その事実も明確になっていない。したがって宣教師がまもなく帰国する際君子を同行したというが、この確証もない。雨情一家とかよ一家が札幌で同居した時期があったとしているが、その事実も証明されていない。アメリカの宣教師はヒュエット師だと菊地氏はアメリカでの調査で断定しているが、これも断定できる確証があるわけでもない。氏の調査で唯一断定できるのは、君子が九歳のとき結核性腹膜炎で死亡し、東京の青山墓地内の鳥居坂教会の共同墓地に、「佐野きみ」の名前で埋葬されていることであった。

ごく最近「週刊朝日」（平成十九年十二月二十八号）に、中村智志氏が、「童謡『赤い靴』の定説に異論」という文章を発表しているが、その中で、菊地氏の記述には多くの疑問点があることから、直接菊地氏に聞いたところによると、氏は次のように答えている。

「手探り状態で、証言を自分の調査で点と点でつないでいった取材でした。たとえば岡さんは『父と母は函館で出合ったようだ。母はしばらく店で働いていたらしい。きみは入植前に預けた。アメリカから手紙が来たらしい。』と話していたが、かよが北海道に渡った正確な時期は、詰めきれていません。いろいろな点で食い違いがあるのは事実です。」「戸籍については、事情があって籍を入れたまま預けたと考えるほかありません。ただし、きみちゃんがモデルという物語の根幹部分はヒュエット師に近い親族の証言などから揺らいでいないと考えています。今後も調査して、機会があれば加筆修正したい。」このように述べられている。一読して自信を持った記述とは考えにくい。私が菊地氏の「赤い靴の女の子に恋した私」という文章を読んだ感想としては、こうした内容の記述は、ノンフィクションで書くべきだと思うが、氏の記述からは創作といった印象を受けた。つまり自信をもって書けなかったからであろう。

菊地氏は自己の調査結果を主体として、昭和五十三年十一月三日（文化の日）「赤い靴はいてた女の子」という表題で、一時間のテレビドキュメント番組として全国に放映され、人々に多大の感銘を与えたという。そして菊地氏の記述は定説化されるようになった。だがこれもごく最近、作家、阿井渉介著『捏像　はいてなかった赤い靴』（平成十九年十二月三十一日）という著書が出版された。私は、早速購入して読んでみた。綿密詳細な調査により、菊地寛説をことごとく全面否定する記述内容であった。君子をアメリカの宣教師ヒュエットの養女にやったという記録はない。したがって少女が異人さんに連れられてアメリカに渡ったこともない。また、雨情一家と岡そのさんの両親が札幌で同居したという事実もない。つまり雨情は君子の存在をイメージして童謡「赤い靴」を書いたという推測は成立しないのである。

モデル問題はこれくらいにして、以下私の考えを述べてみたいと思う。童謡「赤い靴」についての作者雨情の解説はつぎのようになっている。すこし長いが重要な点であるから全文を引いてみよう。「この童謡は小作『青い眼の人形』と反対の気持を歌ったものであります。この童謡の意味は云ふまでもなく、いつも靴はいて元気よく遊んでいたあの女の児は、異人さんにつれられて遠い外国に行ってしまってから今年で数年になる。今では異人さんのやうにやっぱり青い眼になってしまったであろう。赤い靴見るたび異人さんにつれられて横浜の波止場から船にのって行ってしまったあの女の児が思い出されてならない。また異人さんたちを見るたびに、赤い靴はいて元気よく遊んでいたあの女の児が今はどうしているか考えられてならない。という気持ちを歌ったのであります。」

この文章を読むと、雨情があたかも実景を描写しているかのような書き方であるが、これは彼の空想であろう。「やっぱり青い眼になってしまったであろう。」などといった現実離れした言葉が見られるからである。詩人の自由な発想と考えるのが至当であろう。この中で、私が重視したのは、「青い眼の人形」に対して「赤い靴」は、反対の気持ちを歌ったものだという点である。つまりこの一点に雨情の作歌目的があったということである。この童話二作をかかげてみよう。

「青い眼の人形」

青い眼をした
お人形は
アメリカ生れの
セルロイド

日本の港へ
ついたとき
一杯涙を
うかべてた

わたしは言葉が
わからない
迷子になったら
なんとしょう

やさしい日本の
嬢ちゃんよ
仲よく遊んで
やっとくれ

「赤い靴」

赤い靴はいてた
女の子
異人さんに　つれらて
行っちゃった

横浜の　埠頭から
船に乗って
異人さんに　つれられて
行っちゃった

今では　青い目に
なっちゃつて
異人さんのお国に

いるんだろう
赤い靴　見るたび
考える
異人さんに逢うたび
考える

この二作の初出は、共に大正十年「小学女生」の十二月号である。したがってこの両作は同じ月に作詞された可能性が強い。作曲はともに本居長世が担当した。ここで前記した作詞者雨情の解説で「赤い靴」について、「この童謡は小作『青い眼の人形』と反対の気持ちを歌ったものであります。」という。つまりこれが彼の作歌動機だということがわかる。「青い眼の人形」と「赤い靴」のどちらを先に作ったのか、私の所持している資料からは判明しなかったが、この唄を収容した童謡集の題名に「青い眼の人形」というタイトルを採用しているし、「赤い靴」の解説で「青い眼の人形」と反対の気持ちを歌ったというのだから「青い眼の人形」が先だったのであろう。しかしそれはどちらでもいいことだと思う。では、はたして作者のいうこの両作が反対なのかをみよう。「眼」は上にあり、「靴」は下であるから、これは上下で反対になっている。「青い眼」と「赤い靴」青と赤は信号機にも採用されているように、「青」はゴーであり「赤」はストップでこれも反対色である

「セルロイドの人形」は「アメリカ」から日本へ。一方「赤い靴の女の子」は、「日本」から「異国」へ行った。ということでこれも反対である。雨情の作歌動機はこれらのことから読み取れる。したがって菊地寛氏が「赤い靴」の女の子のモデルを確認する情熱的な努力は、雨情の作歌動機からすれば、こうした詮索はあまり意味のないものになるように思う。詩人は実在のモデルを必ずしも必要としないからである。モデルは研究上の詮索は必要であっても、詩人にとっては判明しなくても、しても、どちらでもいいことである。

雨情はたんにこの二作で反対の立場を歌ったというだけではない。その底に流れているものは、キュウピー人形や、女の子によせる憐憫の情感であり、作者のやさしさである。

## 啄木と函館

私が函館という街に強い関心を抱くのは、二十六年もの歳月を過ごした土地であることにもよるが、三方を海に囲まれるという独特の地形にも愛着があり、港からは汽笛の音が流れ、街の中に砂山という砂丘を持ち、大森浜のなだらかな美しい浜辺もある、街には早くからロシヤ文化が入っていたから、異国情緒をただよわせる古い建築物も姿を見せる。特に函館山から眺める夜景は、百万ドルとも言われて有名である。夜景は高い所から見れば何処の都市でも美しいものだが、函館が唯一有名になったのは、この街の地形によると思う。つまり三方を海に囲まれ、海中に突出した街に点灯すれば、市街だけが浮き上がってくるわけで、余分な明かりは全くない。このような夜景は他の都市にはないからであろう。こうした多彩な特徴を集めた都市は、全国的にみても函館以外にはまず絶無である。長崎もこれに近い特徴を持つ都市だと思うが、砂丘や大森浜のような美しい浜辺はなく、夜景は到底比較にはならない。したがって私はこの歳になっても、函館はなつかしい存在なのである。その想いは啄木が函館に強い関わりを持っていたことを知ってから一段と強固なものになった。

啄木は明治四十年五月四日、ふるさと渋民を追われ、父一禎はすでに野辺地の師僧のもとに去り、母カツを知人宅に預け、妻節子と娘京子は堀合の実家に帰し、小樽の山本家に妹を預けることにして、啄木は妹の光子だけをともなって函館に到着したのは翌日の五月五日であった。啄木には、当時さし当って身を寄せる適当な場所はなかった。彼としては、文学で身を立てるという希望を抱いていたと考えられるので、何処でもいいということはなかったと思う。函館の文学青年らが「苜蓿社」を結成し、松岡蕗堂、吉野白村、岩崎白鯨、並木翡翠、向井夷希微、澤田天峰、などが主たる同人で、大島流人が主宰者であった。啄木はこれら同人について、「函館の夏」という文章に人物評をのせている。

「初見の友の中に吉野章三君あり、宮城の人、年最も長じ、廿七歳といふ、快活にして事理に明かに、其歌また一家の風格あり、其妻なる人は仙台の有名なる琴楽人猪狩きね子嬢の令妹なり、一子あり真ちゃんといふ。大島経男君は予らの最も敬服したる友なり、学深く才広く現に靖和女学校の教師たり。向井永太郎君は私塾を開いて英語を教へつつあり。沢田信太郎君は嘗て新聞記者たりし人、原抱一庵の友にして今函館商業会議所に主任書記たり。此外並木武雄君あり、歳二十一、郵船会社にあり、一番ハイカラにしてヴァイオリンを好み絵葉書を好む。宮崎君あり、これ真の男なり、この友とは七月に至りて格別の親愛を得たり」と、他の主力同人である松岡と岩崎については、「松岡君は色白く肥りて背はあまり高からず、近眼鏡をかけて何処やら世にいふ色男めいたる風貞也、手はよく書けり、床の間に様々の書籍あれど一つとしてよく読みたりと見ゆるはなかりき、後に知りたる並木君と共に、この人も亦書を一種の装飾に用うる人なり、さてその物いふ様、本来が相憎よき人にあらねど、何処となく世慣れて、社の誰よりも浮世臭き語を多く使ふ癖あり、一口にいへば一種のヒネクレ者なり」この記述を読んで思うことは、啄木が上から松岡を見下してものを言っている態度がみられる。函館に来て、松岡の下宿へ同居させてもらっている身としては少々言い過ぎではなかろうか。

次に、岩崎正の人物評にふれている。「岩崎君は松岡君より少き事三歳、恰も予と同齢なり、君が十六の時物故したる父君は裁判所判事なりしといふ、八戸の中学にありて父君の死に逢ひ爾後郵便局に入りて今現にここの局の二番口に為替の現業員たり、青くして角なる其顔、奇にして胸の底より出づる其声、一見して其卒直なる性格を知る、口に豪も世事を語らず、其歌最も情熱に富み、路上をゆくにも、時々会心の歌を口ずさむ癖あり」啄木の評から二人に対する評価がよくわかる。つまり松岡と岩崎との性格は全く正反対のようで、松岡はキザ、岩崎は朴訥といったように見える。したがって啄木としては松岡を敬遠し岩崎とは以後親交を結ぶのである。

これらの同人達は、「苜蓿社」の文芸機関誌「紅苜蓿《べにまごやし》」を出版していた。この雑誌に啄木は詩を送っていた関係から、同人の松岡蕗堂に函館行きを打診してみた。彼から折り返し歓迎するという返事をもらって、函館行きを決定したのである。函館には「明星」に作品を発表していた同人もいて、啄木としては、小樽にもそう遠くないし、函館なら文学的土壌もあることから、ここに決めたのだと思う。

啄木は五日朝、函館に到着することを伝えていたから、同人達は社に近い東浜桟橋に上陸するものと思い込み、迎えに出た。岩崎の記述によれば、「誰も啄木に面識のある人は居なかった。写真で知っているのを頼りに、」彼らは注意して見ていたが、それらしい人の姿はなかった。見逃したのではないかと皆不安をかかえていただろう。上陸するのはこの桟橋以外に鉄道桟橋があり、すぐ鉄道を利用する人達はこの桟橋に上陸するのである。啄木は妹光子を小樽に送る関係で、こちらに上陸したのだ。迎えに出た同人達が社に帰ってみると、啄木から手紙がきていた。その日の様子を岩崎白鯨は次のように述べている。「松岡は封を切って読んだ、駅前の恵比寿屋に居るから来てくれと言うのであった。鉄道馬車の遅いのがもどかしく、途中から降りて走っていった。」「石川君は肩の角張った小柄な人であった。」ここには同人たちの高揚した気持ちが活写されている。ただ「恵比寿屋」というのは岩崎の記憶違いで、「広島屋旅館」が正しい。たちまち住む場所として松岡の下宿に同居させてもらうことになった。松岡蕗堂は後に、啄木研究家、川並秀雄氏の訪問を受けた際、次のように語っている。「ある日、東京の大橋図書館で本を読んでいた。彼の隣に一人の青年がやはり本を一生懸命に読んでいた。何かの拍子に松岡は、この青年に小声で話しかけた。話を交えているうちにこの青年こそかねて『明星』でその名を知っている啄木であるということがわかった。」この談話を、そのまま信じて引用している人もあるが、これは事実ではない。

岩崎達が桟橋に出向いたとき、「たれも面識のある人はいないので写真を頼りに、」と書いているし、啄木も「函館の夏」という文章の中で、松岡と岩崎について、「以上二君何れも初めて逢へる也。」と言っているから、松岡が嘘を語っていることは明らかである。

結社は松岡の下宿に置かれていたから、その夜は啄木に一目会いたいと同人たちが社に多く集まったという。同人たちはそれぞれ啄木のために色々と面倒をみてやっている。澤田天峯は「函館商業会議所」の主任書記だった関係で、啄木のために、選挙有権者台帳作成の仕事を世話し、それが終わると、吉野白村は「弥生尋常小学校」の代用教員に世話してもやった。だが勤務早々教育に関する啄木の意見が取り上げられなかったということで翌日から無断欠勤をしている。わがままな彼の悪癖がすぐに出るのである。こんなことではとうてい勤務者の資格はない。弥生は生徒数壱千名以上で、節子が後に代用教員を勤めた、宝尋常小学校と共に、函館の名門校であり、教員の資格も持たず、勤務してまだ一ヶ月にもならぬ新参者のとる態度ではない。彼の生涯を通観するに、自意識が強く、自己の立場をわきまえるといった謙虚さは見られないように思う。宮崎郁雨は「彼の不平なるものは、畢竟片田舎の渋民小学校と、函館の名門弥生小学校との格差を認識しない妄断に過ぎないとして、私は寧ろ彼の態度を非難し、吉野君の友誼に叛く彼の心情を追及した。」温厚な郁雨が立腹したのも当然であっただろう。弥生尋常小学校には十五名の教員がいてその中で、女子教員は八人であった。啄木は例によって、女教師の人物評を試みている。「遠山いし君は背高き奥様にて煙草をのみ、日向操君は三十近くしての独身者、悲しくも色青く痩せたり。女子大学卒業したりといふ疋田君は豚の如く肥り熊の如き目を有し、一番快活にして一番『女学生』といふ馬鹿臭い経験に慣れたり。森山けん君は黒ン坊にして、渡部きくゑ君は肉体の一塊なり。世の中にこれ程厭な女は滅多にあらざるべし。高橋すえ君は春愁の女にして、橘智恵君は真直に立てる鹿ノ子百合なるべし。」「豚の如く」とか「これほど厭な女」などと書かれたのでは相手に対して失礼であろう。この記述から女教師の中で、彼が橘智恵子に好感を抱いたことがわかる。

ここで彼が終生清純な思慕を抱いた智恵子について述べておきたい。

橘智恵子は明治二十二年六月十五日、北海道札幌郡札幌村で農園業を営む、父仁と母以津の長女として生まれた。戸籍はチエとなっている。明治三十五年三月、札幌女子高等小学校三年終了で札幌高等女学校二年に編入、明治三十八年三月卒業し、引き続き補習科に学び、翌年三月終了と同時に、ただちに函館区立弥生尋常小学校の訓導として赴任した。啄木は初めて会った智恵子について後に「ローマ字日記」で次のように述べている。「智恵子さん、なんといい名前だろう。あのしとやかな、そして軽やか、いかにも若い女らしい歩きぶり、さわやかな声、二人の話したのはたった二度だ。一度は大竹校長の家で、一度は谷地頭のあのエビ色の窓かけのかかった窓のある部屋で——そうだ、予が『あこがれ』を持って行った時だ。」この日記を読むと、啄木はすっかり彼女に魅せられているようである。それは『一握の砂』にわざわざ一章を彼女のために提供し、二十二首もの歌を捧げているのを見てもわかる。

君に似し姿を街に見る時の
こころ躍りを
あはれと思へ

わかれ来て年を重ねて
年ごとに恋しくなれる
君にしあるかな

山の子の
山を思ふがごとくにも

かなしき時は君を思へり

世の中の明るさのみを吸ふごとき
黒き瞳の
今も目にあり

頬の寒き
流離の旅の人として
路問ふほどのこと言ひしのみ

啄木の智恵子によせる想いが遺憾なく歌われているが、それにつけても妻節子に対する歌にはこうした情熱は感じられない。

砂山の砂に腹這ひ

初恋の
いたみを遠くおもひ出づる日

放たれし女のごとく、
わが妻の振舞ふ日なり。
ダリヤを見入る。

私は、節子が歌集『一握の砂』を開いて智恵子に捧げた二十二首を読んだときに、たぶん彼女は平静では居られなかったと思う。これまでなんの楽しみもなく、愚痴の一つも言わずに、ただ耐えるだけの生活を強いられてきた節子に、啄木は妻に対するねぎらいの歌一首でも詠んでやれなかったのか、私は節子の心情を思うとき、彼女に同情を寄せるとともに、啄木に強い不満を感ずるのである。

さて話は変わるが、啄木は同人たちと歌会をもった。当時彼は、歌から詩に転換していたが、主たる函館の同人達は、ほとんど短歌が主流だった。参加したのは岩崎、吉野、松岡と啄木の四人である。啄木は「すでに二年も、休んでいたのでなかなか出来ぬ」と

言いながら、二十三首も作っている。少々抜いてみると、

朝ゆけば砂山かげの緑叢の中に君居ぬ白き衣して。

夕浪は寄せぬ人なき砂浜の海草にしも心埋もる日。

何処よりか流れ寄せにし椰子の実の一つと思ひ磯ゆく夕。

しかしそれほどよい出来でもない。だが函館で再び短歌に帰るきっかけを作ってもらったことは、以後の短歌制作に重要な役割をはたしたと私は思っている。もしここで短歌に縁がなかったとしたら、啄木は詩作に取り付かれていた時期でもあり、歌は「悲しき玩具」程度の認識だったから、歌に戻ってくる機会はなかったかもしれない。ならば、大森浜の十首をはじめ、北海道での数々の名歌は誕生しなかった可能性もある。ということは、歌集『一握の砂』の存在さえ保証されないといった事態に陥ることも予想される。『一握の砂』によって啄木の名声が維持されている事実は、歌というものが彼にとっていかに重要なものであるかがわかる。したがって、歌と函館との出会いは、啄木にとって生涯の重要な財産に成ったといえる。

啄木は弥生尋常小学校に就職し十二円の月給を得ることが出来たことから、四散した一家を集めることにした。節子が娘京子を連れて函館に到着したのは、この年七月七日

であったが、この日は日曜日であったから啄木と共に同人たちも迎えに出ていた。宮崎郁雨は節子の印象を次のように述べている。「私達はこれまで啄木から散々彼女との恋愛談を聞かされたから、讃嘆と羨望と興味との対象として、心ひそかに彼女の容姿や性情を、それぞれの脳裏に映像して居たのであった。」「京ちゃんをおんぶしては居たが、背恰好のすらりとした、程々に肉付きの可い肢体と紫がかった矢がすりの着物とがよく似付いてる様に私の眼には映った。」と言いながら、「然し私は、それとなく胸中に描いていた『節子夫人像』とは、かなりに違った現実の本人を目前にして、軽い失望を心中に感じて居た。」というのが郁雨の感想とすれば、おそらく啄木は彼等に節子との恋愛を美化し、誇張して話していたのであろう。同人たちは、節子が来るということで、青柳町十八番地石館借家のラの四号に新居を用意し、何一つ持たない啄木一家に、家財道具から布団まで手分けして同人達が持ち寄り、啄木一家を住まわせたのである。

此処で私は啄木の生涯にとって重要な一人である宮崎大四郎、郁雨について記さねばならない。宮崎郁雨は、新潟県北蒲原郡荒川村字荒川に生をうけた。宮崎家は二百年もつづいた地元の旧家だったが次第に衰退し、父竹四郎の代で遂に没落した。父は宮崎家の再建をはかるべく、単身函館に渡ったのが明治二十年であった。明治二十二年には母と郁雨も函館に移った。父は味噌醤油の製造業を開始し、これが順調な発展をとげて財をなしたという。郁雨は、明治三十八年北海道庁立函館商業学校を卒業し、陸軍の志願兵として野砲兵第七連隊に入隊した。以後数回の入隊があって、陸軍中尉にまで昇進している。父竹四郎という人は立派な考えをもった人物で、実弟宮崎顧平氏の話によると、「私の実家では父竹四郎存命の時代には、函館の大森町に乞食部落があり、毎日市内に物乞に出るのであるが、夕方部落に帰る途中必ず、数名の乞食が代わる代わる私の実家に立ち寄るのである。父はその乞食に飯を食わせ、寒い時は炉辺に焚き火をして体を温めてやった。」と言う。郁雨がこうした環境のなかで生育したことがわかれば、並々ならぬやさしさを持ち、啄木への支援もわかるように思う。そして、「自分の幸福は他にも分かち与えよ。」というのが宮崎家の家訓だという。これは並みの人間の出来ることではない。この点を頭におけば、次に述べる話も納得されるのである。引越し当日は人も多いことすら、さすがの啄木も口頭では言えなかったとみえ、葉書を出した。「昨日の御礼礼申上候。お蔭にて人間の住む家らしくなり候。」「懐中の淋しきは心も淋しくなる所以に御座候。中上かね候へども実は妻も可哀相だし、O少し当分御貸し下され度奉懇願候。少しにてもよろしく御座候。」と遠慮がちに書いてはいるが、これが以後晩年まで続く郁雨への無心の最初であった。こうした支援は啄木から請求のあった時ばかりではない。「ある日、『一体食う米があるのか』と聞いて見た。彼はあの底光りのする眼球を一寸の間うろつかせたが、節子さんを顧みて『あるか』と聞いた。節子さんは顔を赤くして『ごあんせん』と答える。彼は流石に少してれくさい表情で『ない相だ』と私に言った。私は帰り際に節子さんにそっと金を渡した。」これなどはその一例に過ぎないが、郁雨は常に啄木一家のために心をくばっているのである。

啄木は八月二日に函館を発ち、翌三日、母かつが待機している野辺地の常光寺に赴く。その日は同寺に一泊し、四日早朝出発して母を函館に連れて帰った。母にしてみれば、いつ息子と一緒に暮らすことが出来るのか、それこそ首を長くして待っていたと思うから、これでやっと安心出来たことであろう。また妹光子も小樽から来ていたので、ここで四散した一家五人を再びまとめることが出来たのである。代用教員の収入は僅かに十二円に過ぎないから、とうてい満足な暮らしは出来ないとは思うが、とにかく一家が同じ屋根の下で暮らせる事実が何にもかえて嬉しかったと思う。しかしこの一家にとって安泰な生活はごく僅かでしかなかった。

郁雨は啄木の勤務態度や経済面から判断したと思われるが、彼の知人である斎藤大硯が編集長をしている「函館日々新聞社」の編集局に紹介し、小学校には在籍のまま八月十八日から出社した。啄木にとっては初めての仕事であったが、彼の生涯を通観すれば、以後札幌の「北門新報社」ついで小樽に移り「小樽日報社」から釧路の「釧路新聞社」最後は「東京朝日新聞社」といったぐあいで、代用教員二ヶ所以外はすべて新聞人として過ごしているのである。啄木は遊軍記者ということで、入社早々直ちに「月曜文壇」とか「日々歌壇」それに「辻講釈」といって評論まで書くといった有様で、水を得た魚のように活発な活動を開始した。教員といった窮屈な仕事より、新聞の仕事なら、ある程度の自由もあり、文学とも向き合えるわけだから、啄木にとっては願ったり適ったりの職業だったと思う。

郁雨が紹介した編輯長斎藤大硯について少々述べると、啄木がその印象を「快男児大硯」と言っているようになかなかの人物で、当時三十八歳という若さであった。彼は青森県弘前の生まれで、早稲田大学を出て「日本新聞社」に入社し、通信員として台湾に赴き、時の台湾総督であった乃木将軍に可愛がられたという。以後将軍に私淑し、「少年乃木会」を結成したり、函館では「乃木神社」建設に主導的役割を果たした。また少壮にして「学制論」や「教育勅語に現れたる王」などの著書もあり、つとに高士の風格があったという。しかし、啄木にとってこの新聞社生活も不測の事態により僅かに一週間程度で終わるのである。

話は変わるがその前に、機関誌の責任者であった大島経男・流人は、啄木の最も尊敬と信頼を置いた人物であったが、教え子、石田松江との結婚の破綻から職を辞し、郷里日高の静内に去って行った。

とるに足らぬ男と思へと言ふごとく
山に入りにき
神のごとき友

啄木は後に流人をこのように歌っている。彼が去るに際して、機関誌の編集一切の権限が啄木に譲渡された。啄木にしてみれば、雑誌の編集はこれまでの経験で慣れた仕事であるから、「待っていました」といった心境だったと思う。彼は意欲を持って編集に当った。まず表題を「レッドクローバー」と英語読みとし、巻頭に自作の詩「水無月」を据え、巻末に入社の辞を掲げ、裏表紙に主筆石川啄木と大書している。万事に控え目だった前任者の流人とは全く違っている。やはりこうしたところにも人柄の差は出るのである。啄木にしてみれば、四散した一家をとにかく纏めることが出来たし、郁雨のお陰で新聞社という新しい仕事にも就き、雑誌の編集も獲得して、貧しい暮らしながらも彼は上昇気流に乗ったような気分であったと思う。これから楽しい生活が始まるはずであった。しかし運命の神はこの一家に対してあくまでも過酷であった。それこそ束の間の安息を与えたに過ぎず、間もなくこの生活もあっけなく崩れ去るのである。

八月二十五日の夜、東川町の石鹸製造場から発した火は、おりからの激しい風でたちまち市街の三分の二を焼き尽くし、暁に至ってようやく鎮火した。焼失家屋一万二千三百九十戸、死者は八名という大惨事となったのである。函館という都市は元来大火の多い街で、明治時代だけを見ても、百戸以上焼失したのが十九回もあり、その内千戸以上の焼失は六回を数え、四十年のこの大火はこれまでの最大のものであった。幸い啄木の住居は無事であったが、小学校も新聞社も焼け落ちた。不運にも彼は職場をことごとく失ったのである。

この大火に遭遇した感想を啄木日記から引くと。

「市中は参状を極めたり、町々に猶所々火の残れるを見、黄煙全市の天を掩ふて天日を仰ぐ能はず。」「狂へる雲の上には、狂へる神が狂へる下界の物音に浮き立ちて狂へる舞踏をやなしにけむ、大火の夜の光景は余りにわが頭に明らかにして、予は遂に何の語を以て之を記すべきかを知らず。火は大洪水の如く街々を流れ、火の粉は夕立の雨の如く降れりき、全市は火なりき。」このような地獄のような光景は啄木にとっても初めての経験であったから、恐怖の感情を読み取ることができる。私も戦前函館に居住していた頃、昭和九年の大火に遭遇したが、この大火は函館市にとって史上最大のもので、明治時代とは比較にならぬほど市街も拡大していたが、その三分の二ほどを焼失して市は壊滅的打撃を受けた。したがって大火に遭遇した人の恐怖感はよく理解できると思っている。啄木の記述が前記した部分で終わっていれば一般大衆と大差ない感想だと思うが、次に述べる部分を読んだ時、これが同一人物の筆になるものかと、私は一驚したのである。「高きより之を見たる時、予は手を打ちて快哉を叫べりき、予の見たるは幾万人の家を焼く残忍の火にあらずして、悲壮極まる革命の旗を翻へし、長さ一里の火の壁の上より函館を掩へる真黒の手なりき。」「かの夜、予は実に愉快なりき、愉快といふも言葉当らず、予は凡てを忘れてかの偉大なる火の前に叩頭せむとしたり、一家の危安毫も予が心にあらざりき、幾万円を投じたる大高楼の見る間に倒るるを見て予は寸厘も愛惜の情を起すなくして心の声のあらむ限りに快哉を絶呼したりき。」とある。この大災害にあって、彼は革命を連想していたのであろう。何を連想しようがそれは勝手であるが、せっかくあり付いた職も失う身でありながら、「一家の危安毫も予が心にあらざりき、」とか、「手を打ちて快哉を叫べりき」などと言うのであるから、被災者でなくとも正気の沙汰とは思えない。私はこうした時に隠されていた本心が出てくるように感じた。

こうなっては函館を去るしかなく、丁度札幌から帰ってきた同人の一人である向井に、札幌での就職口を依頼した。向井からの連絡は意外に早かった。「北門新報社」の校正係に職があるという。私は、向井に就職口を依頼する際、たぶん新聞社を希望したと思う。というのは、殆ど一週間程度の「函館日々新聞社」の勤務であったが、居心地の良かったのに味を占め、新聞社ならきままな彼でも何とかやっていけるものと考えたのだと思う。彼は九月には弥生小学校のほうは退職願を提出する考えであったが、まだ籍があったので、校舎焼失後の後始末に出た。学籍簿の作成やら、児童の被災状況の調査、また公園に児童を集めるための広告貼り付け作業などで多忙を極めた。そしてついに小学校のほうは片がついたので、九月十一日、彼は退職願を提出すべく大竹校長を仮事務所に訪問した。幸運にもその座に橘智恵子も来ていたのである。啄木は偶然彼女と話す機会が出来て内心嬉しかったと思う。彼女が札幌の出身者であることを知っていただろうから、啄木は早速札幌の「北門新報社」に就職出来たことを報告したに違いない。そして「札幌の話を聞けり。」と日記にあるから、彼女から札幌についてのいろいろな情報を得たのであろう。翌日彼は智恵子宅を単身訪問した。詩集『あこがれ』を贈り、二時間余も話している。これで一応満足して帰宅したと思うが、まだ話したかったのか、

頬の寒き
流離の旅の人として
路問ふほどのこと言ひしのみ

と後に歌っているから、ほんの一寸口を聞いただけのことで、もっと話したかったという啄木の未練が読み取れる。この歌は私の好きな歌の一つで、秀歌といっていいであろう。啄木はすでに函館を去らねばならぬ時が迫っていた。こうした時、躊躇することなく残された一週間を彼の愛した大森浜で毎日感慨にふけっていたのである。ここでの想いが、後に「東海の歌」の原風景となったことは、「東海の歌」に関する「大森浜説」

で何回も書いているからここでは触れない。啄木の生涯を通観してみるとき、彼の愛した土地というのは、ふるさと渋民と函館以外にはない。だが彼の中で、渋民と函館を比較してみるとき、彼は日記に「故郷の自然は常に我が親友である、しかし故郷の人間は常に予の敵である」と言う。故郷の自然は確かに優れている。秀峰岩手山を望み、大河北上川がそばを流れる。故郷にこうした大景を持つのだから、啄木が親友だというのは当然である。一方、函館が自然で対抗できるのは大森浜と砂丘であろう。だがこれではいかにもスケールが小さい。しかし自然に抱く愛情というのは大きさではないと思う。それは彼が、歌や文章にどれだけ使っているかによると私は考える。そうした意味を考慮すれば負けるとは思わない。問題なのは人である。啄木は「しかし故郷の人間は常に予の敵である。」と言う。それはそうであろう、故郷は彼を「石をもて追はるるごとく」に追い出した所だから、いい感情を持つはずはない。その点函館は、彼を歓迎して受け入れた所である。彼にしてみれば暖かくむかえ入れてくれた街に悪い感情を抱くわけはない。その上、就職から住居に家財道具まですべて用意してくれたのである。彼がこうした行き届いた待遇を他の場所で受けられるとは考えられない。そして問題なのは、渋民には文学的土壌が全くないことである。啄木が文学を語る相手としてはせいぜい小学校の教師くらいだと思うがその点、函館では文学を語れる相手に周囲を囲まれていたと言ってもいい状況にあった。こうしてみると、啄木には故郷の自然だけが残るのである。ただ一言だけ付け加えなければならないと思うのは、彼はその晩年、「不愉快な事件」によって、郁雨と断絶して以後函館に妻を帰らせぬ、といった態度に出ているが、この件は郁雨というより節子のほうに問題があったと考えている。というのは、節子が郁雨に手紙を出さなかったら、こうした問題は起きなかった。ならば啄木と郁雨との関係は従来と変化することはなかったのだ。しかし節子にしてみれば、夫も母も病気で寝たり起きたりといった状態、その上自身も通院するといった状況であれば、その苦痛を兄とも慕う郁雨に訴えたくなるのは当然だったかもしれない。「死にたい」といった言葉を啄木は郁雨が書いてきたように丸谷喜市氏に話したと氏の「覚書」に書かれているが、これは反対の話で、節子には死の願望があったと思うが、郁雨は旭川師団に勤務していた時であるから、死などとは無縁であった。しかし彼は、節子が「死にたい」などと書いてきたことから節子に対して危機感を抱いたのだと思う。それで彼は、「病気が悪いのなら実家に帰って養生するのが一番だ。」というように返事をしたのであろう。彼としてはそのように書くより仕方がなかったのだ。したがって、こうした郁雨との断絶は、節子が彼に手紙を出したことに起因しているので、郁雨に直接の原因があるのではなかった。だからこの一件を除けば、函館の自然や他の友人達に対して啄木の想いに変化があったとは思わない。

さて、啄木が移住先に函館を選んだことによるメリットは多大であった。まず第一に啄木を有名にした短歌である。函館に来た当時は詩作に集中していた時期であり、歌からはすでに二年余も離れていたが、函館の友人達によって再び短歌を作る契機が与えられたことである。これは彼の名声にも関係するから特に重要だと思う。もし転換がなかったとしたら、彼は詩作に集中して短歌への復活はなかったと私は考えている。なぜならば彼は「歌を作る日は不幸な日だ。」とか「悲しき玩具」といったように、歌を蔑視していたからである。啄木は心中で少なくとも歌よりは詩が上位にあると思っていたことは確かである。

第二に宮崎郁雨を友人に持てたことは経済的支援者として極めて重要であった。啄木の生涯は貧窮に終始し、余裕の持てる生活ではなかった。したがって経済的破綻を招く事態はしばしば訪れた、そのつど郁雨に援助を仰ぎ急場をしのいでこられたのである。もし彼の存在がなかったら、啄木一家の破綻するケースはいくらもあった。郁雨のような人物は何処にでもいるわけはない。啄木が函館を選択したことでこの幸運を手に出来たことだと言える。

第三には新聞社である。彼は郁雨に「函館日々新聞社」への入社を世話してもらった。ここでの勤務は堅苦しさがなく、啄木のようなきままな男には向いていたのであろう。以後どこでも就職は新聞社を希望し新聞人として生涯を終えた。その端緒を開いたのは函館である。

第四に大森浜と砂丘も大きな存在であった。この風景は彼の生涯で忘れられぬものになったと思う。歌集『一握の砂』の巻頭を飾る大森浜と砂丘を歌った十首はこれまで見た風景の中で最も印象深いものだからである。でなければ、巻頭に十首も集めるはずはない。歌集の表題を『一握の砂』としているのも、大森浜の砂であり、ここに大森浜と砂丘の歌を結集しようという啄木の意思をみることが出来ると私は思っている。

第五は橘智恵子である。彼女が勤務する弥生尋常小学校に代用教員として啄木を世話したのは吉野白村であったが、弥生小学校に欠員がなく、他に欠員のある小学校があったら啄木は別の小学校へ回されたかもわからない。そうしたことを考えると、運命というか、偶然とは言いながら、やはり啄木は智恵子に会うように宿命のようなものを私は感ずるのである。周知のことながら、『一握の砂』の「忘れがたき人々」その二は智恵子にわざわざ一章を儲け二十二首もの歌を作っている。この事実は歌集にとって重要であり、女性を詠ったものでは釧路の芸者小奴の歌が少々あるが、智恵子を歌ったものに比べれば、全く違っている。

小奴といひし女の
やはらかき
耳朶なども忘れがたかり

よりそひて
深夜の雪の中に立つ
女の右手のあたたかさかな

小奴にはこうした肉体的な感触が彼の意識に残っていたに過ぎない。智恵子の歌には清純な思慕が歌われていて小奴とは少々次元が違うのである。私が智恵子の歌を重視するのは、この歌集に彩りを添えているからで、『一握の砂』から智恵子の一章を削除した場合、少々味気ない歌集になるような気がするのである。こうした歌を獲得できたのも白村が啄木を小学校へ世話したからであり、啄木と智恵子が同じ時期に函館に来ていたからであろう。全く不思議なめぐり合わせというほかはない。啄木が函館で得たものは彼の人生で重要な位置を占めていることがよくわかるが一方函館が啄木によって得たものを考えてみたい。

啄木本人に直接の関係はないと思うが、私は節子の両親が盛岡の自宅を処分して函館へ移転したことが重要だと思っている。落ち着いた先は「樺太水産組合」の事務所である。ここに移ったのはどういう伝によったものか明らかではないが、私は郁雨が世話したのではないかと推察している。それはともかく、節子は産後でもあり、経済的にも困窮していた、啄木は函館には帰るなと死の間際まで言っていたから、節子はその言いつけを守る努力をしたが、彼女が明治四十五年七月七日、房州から土岐哀果に送った手紙で「これは私の本意ではありませんけれど、どうにも仕方がありません。夫に対してはすまないけれども、どうしても帰らなければ親子三人うえ死ぬより外ないのです。」全く収入のない彼女であるから、もう両親に頼る以外に生きる道はなかったのだ。「函館には帰るな」などと勝手なことを節子に押し付けた全く無責任な啄木という男に、無関係な私でも少々腹だたしい思いがするのである。妊娠中であり、しかも子連れで定収入のないことがわかっている啄木が、どうして節子が生きてゆけると思っていたのだろうか。啄木が「函館に行くな」というのは郁雨の存在があるからで、節子は兄のように慕っていたし、郁雨とて節子を大事に思っていたことを啄木は承知していただろうから、函館には帰させたくなかったのだろうが、現在置かれている節子の立場は、嫉妬などといった次元の話ではない。節子親子が生きて行けるかどうかの瀬戸際に立たされているのである。啄木がもう少し妻を大切に思っていたら、「函館には帰るな」などとは言えないはずである。節子は遂に両親のいる函館に帰った。その際啄木の重要な遺品、日記や原稿類をすべて持ち帰ったのである。私が前に「堀合の両親が盛岡の自宅を処分して函館に移転したことが重要だ」と書いたが、もし両親が盛岡を出なかったら、節子は盛岡に帰ったはずである。その際啄木の遺品もすべて盛岡に持ち帰ったであろう。まだ渋民の啄木記念館のような遺品の収集機関はなかったから、節子の死亡後は逸散するおそれがなかったという保障はない。私が重要だと言ったのはこの点で、両親が函館に移っていたから逸散をまねかれたと私は思うのである。その頃函館では「函館図書館」の館長岡田健蔵や宮崎郁雨が中心となって啄木の文献や資料の収集保管を目的に「啄木文庫」が設立されていた。したがって啄木の遺品はすべてここに収蔵されたのである。現在函館が啄木に関するメッカとなりえたのは、前に私が述べたように、堀合の両親が函館に移転したからだと言っても過言ではない。したがって啄木研究上の重要な文献はすべて「啄木文庫」が厳重に保管している。この事実は函館にとっての貴重な財産だと言ってもいい。それは函館ばかりではなく、啄木にとっても感謝されていいことだと思う。

さてここで啄木一家の遺骨と墓碑について述べたいと思う。啄木の家族で最初に死亡したのはたった二十四日しか生きなかった真一であるが、この遺骨は一家が二間を借りていた理髪店新井の菩提寺である浅草の了源寺に預けられた。その後母かつと啄木が相次いで死亡したが、この時は土岐哀果の好意で彼の兄が住職を勤める等光寺で葬儀を営んだ関係から、同寺に遺骨を預けた。節子は函館の豊川病院で死の床にあったが、再起は望めないと覚悟したのであろう、気になっていたのが、東京に残してきた真一、かつ、啄木ら三人の遺骨のことだった。これまで、啄木の墓がふるさと渋民や盛岡ではなく、たった五ヶ月ほどしか住まなかった函館にあるのは不当だとか、またつぎの歌から、

今日もまた胸に痛みあり。

死ぬならば
ふるさとに行きて死なむと思ふ。

ここには啄木の「ふるさとで死にたい」とあることから、函館に墓があるのは啄木の意思に反する、といった指摘もあるが、最も激しく反対しているのは妹の光子である。彼女はその著『兄啄木の思い出』の中で「兄の遺骨をあんなに嫌がった北海道の海辺におくとは、個人の意思を無視したいたずらにすぎないと思う。想いを一度ここに走らすとき、私の胸はにえくりかえるような、憤りと悲しみを覚える。」また「この墓地を函館に移すということが、私たち石川家の誰の許可もえないで行われたのはどういうわけなのだろう。」と言う。こうした指摘は函館に墓を造った経緯が全くわかっていないことからくる疑問で、この機会に詳述しておく必要があるということを感じたので少々この問題について記述しておきたい。

宮崎郁雨はその著『函館の砂』で次のように述べている。「自分の死後に思い及んだ時他宗の寺院に、しかも離れ離れに預けられている遺骨に対して強い責任と愛着を感じたのは無理からぬ心情であったろう。結局彼女は渋民村への埋骨を断念し、それを函館に引取る以外に道がなかったのである。」という。つまり出来ることなら彼女はふるさと渋民へ埋葬してやりたいと考えていたことがわかる。節子はこの件で渋民埋葬のつてを求めたが、当時の村人が追い出した啄木一家に好意を示す者などいるはずはなかった。結局徒労に終わったことから、函館での埋葬を決意したということである。

しかしこの遺骨については函館に持ち帰る上で等光寺住職との間に葛藤があった。節子未亡人は「函館図書館長」の岡田健蔵氏に上京して遺骨を持ち帰ることを依頼し、岡田氏が上京したのは大正二年三月で、節子の死亡する二ケ月前のことである。氏はまず浅草の了源寺から真一の遺骨を受け取り、啄木と母かつの遺骨を預けてある等光寺に回った。遺骨を受け取りに来たことを告げると、等光寺の住職は憤慨してこれを断ったが、弟善麿のとりなしで態度を和らげ分骨なら応じるといった。このように冷水茂太氏は『啄木遺骨の行方』で述べているが、しかしこれは事実ではない。寺は埋葬したと主張するが節子や郁雨など函館の人達は預けたという。埋葬したのであれば、当然墓に入れたことになるが、住職が遺骨を掘り出したのは通路の下からであった。普通遺骨を埋葬する場合、遺族が出席すると思うが、それもなかった。寺が勝手に土中に埋めたのでる。しかも通路の下にである。岡田氏はおそらくその事実に唖然としたことであろう。寺はそこに無縁仏を埋葬する墓があったが現在は場所を移転したという。ならば墓石ばかりではなく遺骨も一緒に移すはずである、啄木の遺骨だけがなぜ残ったのであろう。寺の言っていることは出鱈目な事がわかる。そして分骨して寺に遺骨の一部を残すのがしきたりだともいう。私はかってこうした事実が東本願寺派にあるのかどうかを広島の同宗派の情念寺で調査したことがある。「遺族の希望で分骨することはあっても、寺が勝手に分骨したり、分骨を強要するようなことは有り得ない、分骨の習慣などということは聞いたことがない。請求があればそのままお渡しいたします。」と言う。常識で考えても等光寺のいうことは非常識であろう。ようするにこの寺が勝手に決めたことで、啄木の遺骨を残すことによって、啄木との縁を繋ぎ止めておきたい、といった住職の願望に過ぎないのであろう。岡田氏は素焼の瓶を持ち帰って「これが啄木の遺骨の全部であり、分骨などには応じなかった。」と言い、その証拠として「啄木文庫」が保存している証明がある。これは等光寺が直接提出したものである。

証

一、石川啄木氏遺骨　　壱

一、石川一母の遺骨　　壱

右予て御預り申置き候処今般正に御渡し申上げ候也
大正二年三月二十三日
石川せつ代理者
岡田健蔵殿

というものであるが、寺自身が預かったことを認めていることがわかる。そして分骨などについては全く触れていない。岡田図書館長という人物は硬骨漢として函館では知られた人であったから、住職も彼には歯が立たなかったのであろう。したがって現在等光寺には啄木の遺骨は存在しないと断定できる。節子の依頼によってなんとか遺骨は持ち帰ったものの、そのままにして置くわけにはゆかず、墓におさめる必要があった。当時石川家の墓は何処にもなかったので、一応順序として小樽の山本家に厄介になっている石川家の当主一禎和尚に対し、節子の父堀合忠操氏から手紙で遺骨の取り扱いをどうしたらいいかを聴取した。その返事は意外なものであった。「今頃そういう相談にあずかっても迷惑である。適当にそちらで取計って貰ひたい。」というのである。私がこの返事を読んだとき、一禎という人物には僧侶の資格はないと思った。自身の妻や子を他人のような扱いをしているのである。すぐに埋葬できなかったとしても、手元に引き取ることは出来たはずである。それを「迷惑だ」などと言うのである。この態度を知った函館の人達は憤慨し「墓は断然函館に建てる」という決意で固まったのであった。光子は「この墓地を函館に移すということが、私たち石川家の誰の許可もえないで行われたのはどういうわけなのだろう。」というが、函館の人達は当主一禎和尚に連絡し「そちらで適当に取計らうように」という許可をもらっているのであって、順序を踏んで事をすすめている。「誰の許可もえないで」ということはない。光子は父が許可したことを知らなかったのなら仕方がないが、知っていながら言っているようにも思うのである。それは、彼女が函館に遺骨を持ち帰ったことを知ったとき、父に連絡をとらなかったはずはないと思うからである。函館の関係者は、立待岬に近い景勝地に土地を求め、大正二年六月二十二日、檜の四角な墓標には、「啄木石川一々族之墓」と書かれ、左側に「東海の歌」一首が共に忠操によって墨書され、啄木、節子、母かつ、真一の遺骨が埋葬された。現在の立派な墓碑は大正十五年、殆ど宮崎郁雨の出資で完成したものである。以上述べたように、函館の人達が勝手に啄木の遺骨を持ち帰り墓を造ったのではない。妻節子の希望により、また当主一禎の許可を得てしたことで、筋を通した上で実施されたものであり、函館の当事者達に落度は全くないのである。したがって、非難されることはない。これは啄木の妻の意思でしたことだから、他人がとやかく不満を述べるのは筋違いであって、函館の当事者に対しても失礼だと私は思っている。

いよいよ啄木は思い出多い函館を去る時が訪れた。九月十二日、出発前日の日記に、「この函館に来て百二十有余日、知る人一人もなかりし我は、新しき友を多く得ぬ。我友は予と殆ど骨肉の如く、また或友は予を恋せんとす。而して今予はこの紀念多き函館の地を去らむとするなり。別離といふ云ひ難たき哀感は予が胸の底に泉の如く湧き、今迄さほど心とめざりし事物は俄かに新しき色彩を帯びて予を留めむとす。然れども予は将に去らむとする也」これは函館にたいする啄木の実感であろう。そして彼はただ一人、大森浜に最後の散策を試みたのである。

九月十三日、函館を去る日が来た。その日の日記「停車場に送りくれたたるは大塚、岩崎、並木、小林茂、松坂の諸君にして節子も亦妹と共に来りぬ。(略)車中は満員にて窮屈この上なし、函館の灯火漸やく見えずなる時、云ひしらぬ涙を催しぬ」これほどの想いをもって出た街は啄木の生涯に函館以外にはなかった。まさに後ろ髪を引かれる想いだったのである。貧困と病苦に終始した彼の人生で、唯一函館での短い生活が楽しい思い出として彼の心に残っていたことは確かであろう。

## 小説「漂泊」の原風景は「住吉海岸」と「新川河口」のどちらが正解か

この小説の原風景として西脇氏がどのような理由から、「住吉海岸」を選択されたのか、私には全くわからないのです。それは、「漂泊」と「住吉海岸」にはこれこれの接点があるからだ、という明確な理由が全く示されていないからです。本来はその理由を提示して以後討論できることになると思うのですが、貴方の記述はただ自分がそう考えるということに終始し、我武者羅に自説へ引き寄せようとしているだけで、とうてい私には説得力がありません。したがってその点を明確にすることが先決だと思うのです。大体「住吉海岸」などは、ありふれた漁港部落にすぎず、啄木たちが行ったとしても、くつろいで談笑できる場所もなく、ましてや寝転んだりするような所ではありません。その上、特に優れた風景があるわけでもなく、肝心の砂丘もないのです。私に言わせれば、すべてがないないづくしで、あるのは何時も書くように、啄木の自宅から近いというだけのことでしょう。

貴方は多分私と論争しているうちに、「住吉海岸説」は無理だという感じになっていると私は思うのですが、言い出したからには、なにが何でも強引に突っ走るしか手がないといった心境ではないかといった気がしています。貴著『石川啄木　東海歌の謎』を読まれた人からの貴方の説に賛成だ、という記述がありますが、貴方にとっては嬉しいことでしょう。そこに私に対して「氏にとっては噛みつきたくなるような文章であるかもしれないが、」という記述を読んだ時、私は思わず失笑したのです。それは貴方の「住吉海岸説」を全く否定している私が、貴方の説に同感する人があったとしても、その人はまだ私の説や他説との比較検討をしたことのない素人だろうから、しかたがないと思うだけで、私が何故「噛みつきたく」なるのでしょうか。啄木についての研究者で同感してくれる人は多分私の予想ではないだろうと思っていますから、素人でも同感してくれる人があったということは結構なことだと思います。全くメリットのないような「住吉海岸説」に貴方が強引に執着するのは、ひょっとして、あのあたりに函館時代居住していた経験があったことから、貴方のいうこの土地を「贔屓」にしているからではないか、とかんぐりたくもなるのです。そう思う以外に執着する理由が私には考えられないからです。もし私の言うことに不満があるのならば、誰もが納得できるような明確な根拠を提示してください。でなければ、研究者の賛同を得ることは永遠に不可能でしょう。ただの暴論になるだけです。

その点、私の支持する「新川河口付近」を原風景とする説は、明確な論拠によるもので、どなたにも支持して頂けるものと自負しています。小説「漂泊」の原風景は砂丘のある新川河口付近だというのは、あの文章を丁寧に読むと、砂丘に彼らが上がっていないと書けない記述だと考えるからです。貴方は「砂山に上がっているようなことは何処にも書いていない」と言われますが、直接の記述がなくても、確認することは出来るのです。たとえば、次の記述に注意すると、「無感覚に投げ出した砂山の足を、浪は白歯をむいてたゆまず噛んで居る。」この記述がヒントを与えているわけで、解説しますと、砂山の足というのは砂山の裾を意味するわけで、ここまで浪が来るのですから、砂浜にいたのでは浪をかぶることになることが明白です。したがって彼らは砂浜には居られず、当然砂山に上がることになるでしょう。砂山に上がれば、眺望は砂浜に居るより数段よくなる訳ですから、大森浜を散策する人は大体皆砂山に上がるのです。それは啄木に限った話ではありません。ごく普通の風習といえます。砂山に上がれば、戦前には高い建物もなかったので、函館山の麓までよく見えるのです。したがって貴方の疑問はすべて、啄木らが砂山にあがっていたことが証明できれば解決するのです。たとえば、「こんなに離れた新川あたりから函館山の桜や梅を見ることは無理だ」とか、「忠志君の頭の上に函館山がといったことは物理的に無理だ、」といったことです。啄木は事実見たままを述べているのであって私にはよく理解できるのです。砂山に上がれば、当時は視界を遮るものはないので、函館山の麓までよく見え、ピンク色の桜や梅の花が咲いているとは、よほど視力の悪いもの以外にはわかるし、忠志君は砂山を降りて砂浜を歩いて帰途についたのであるから、砂山の上から見下ろせば、忠志君は遠のくにつれて小さくなり、彼の頭の上に函館山が聳えて見えるのも当然のことでしょう。物理的にどうのこうのといった問題ではないのです。

函館は戦前、北洋漁業の基地として大型の船舶が港一杯に停泊していたものです。啄木も小説「漂泊」の中で、「林なす港の船の帆柱をみ」と書いているように、「林なす船の帆柱」という表現は誇張ではなく実際見たままをのべているのです。しかし私が五年ほど前に函館で見た港の風景は、停泊している大型船もなく寂しい風景でした。やはり北洋漁業を失った戦後の港はこうしたところに明確に出ているようです。貴方は、私が

「時々身の丈ほどの大波がきて砂浜にいる人たちはそのつど逃げ惑う。」という記述に対して疑問を持ち、そんな大波はなく、せいぜい三十から五十センチだと書かれていますが、私が居た頃には大型船舶の出入りも多く、船舶が沖を通過するたびにその余波で大波が岸に押し寄せ、波打ち際でくだけて砂浜を駆け上がるので、砂浜に居た人々はそのつど逃げ惑うことになるのです。したがって当時、こうした風景は常時に見られるものでで、今の浜にはそうした大波はないのでしょうが、それは大型の船舶が通過しないからです。浜を行く馬車も運が悪ければそうした大波をかぶるわけで、啄木は目にした事実を述べているわけです。あなたの疑問はこれで了解できるでしょう。貴方は砂丘のあったころの大森浜をご存知ないので、すべて想像でのべるわけですから真実には遠いのです。私は自分が見た事実をそのまま述べていますから、貴方が私の記述を如何に批判しても私からすれば無意味でしかないのです。端的に言いますと、「住吉海岸」に砂丘があった、という事実を証明しない限り、なにを言っても小説「漂泊」の原風景にはなれないということです。したがって、「住吉海岸」に執拗にこだわっても無駄な努力をするだけですから、このあたりで断念されることをお勧めします。

## 我が愛唱歌集『一握の砂』より

東海の小島の磯の白砂に
われ泣きぬれて
蟹とたはむる

この歌については機会あるごとに述べてきたので、結論だけにとどめたい。私は「大森浜説」以外に正解はないと考えている。というのは、他説は諸氏によって多数出されているが、上の句に重点が置かれ、下の句が疎かになっていると思う。啄木が万感の想いを込めて「われ泣きぬれて」と歌っていると私は考えるので、ここに重点をおいて解釈しなければ啄木の意に添う解釈にはならにいと思う。

砂山の砂に腹這ひ

初恋の
いたみを遠くおもひ出づる日

この初恋の相手は当然後に啄木の妻になった堀合節子だが、彼はこの砂山の上でもの想いに耽ることが多かった、そうしたある日、ふと十四歳の頃に初めて経験した初恋のいたみを噛み締めていたのであろう。

いのちなき砂のかなしさよ
さらさらと
握れば指のあひだより落つ

啄木は命のない砂をにぎってなんの抵抗もなく落下する、命のないものへの憐憫と寂寞を感じていたのだ。

非凡なる人のごとくにふるまへる

後のさびしさは
何にかたぐへむ

非凡とは言わなくともこれに近い経験を持つ人はあるだろう。その淋しさは反省からくるのだと思うが天才を自認していた啄木などには特に多かったのではないだろうか。

あたらしき背広など着て
旅をせむ
しかく今年も思ひ過ぎたる

この歌は特に優れているとは思わないが、彼の願望がよく出ていると思う。啄木は中学時代制服を脱いでから以後、洋服を着たことはなかった。和服で通したのである。したがって洋服に対する願望は生涯持っていたと思うが、赤貧の生活はそれを許さなかった。日記にも「何々君は洋服を着てきた。」という記事が所々に見られるが、うらやましいといった感情が読みとれる。

はたらけど
はたらけど猶わが生活楽にならざり
ぢつと手を見る

最初この歌を読んだ時、私はまず肉体労働者の節くれてタコのあるような手を想像したのである。いくら働いても一向に楽にならない嘆きの歌のように感じたが、「わが生活」ということであれば啄木自身のことになるが、彼の手にそうした特徴があるとは思えない。ペンをもって書き続けてきたというのだろうか。私が面白い解釈だと思ったのは、山下多恵子さんの言う、「手相」を見たのではないかと述べている点である。啄木は手相にも関心があったから、そうした指摘も捨てきれない。

一隊の兵を見送りて
かなしかり
何ぞ彼等のうれひ無げなる

路上で啄木は一隊の兵士と出会った。健康的でしかも生活の苦労など全く知らぬ彼らと同じ若者の自分は、すでに生活の苦労を知り尽くしてきた。そうした自身を重ね合わせるとき、悲しみが湧き上がってくると共に、彼らをうらやましく感じた歌のように私には思われる。

友がみなわれよりえらく見ゆる日よ
花を買ひ来て
妻としたしむ

啄木のような自我の強い優れた文学者でもこうした感情にとらわれることがあるのか、私は文学関係の友人よりも他のジャンルの友人に、こうした感情を持ったというほうがいいようにも思った。この歌では特に下の句「花を買ひきて妻としたしむ」が適切な効果をあげているように思う。

人みなが家を持つてふかなしみよ

墓に入るごとく
かへりて眠る

彼ら一家は寺を追われて以後ついに自分の家を持つことはなかった。したがって家に対する願望はかなり強いものがあったと思う。流浪の生活者としての啄木の悲哀である。

女あり
わがいひつけに背かじと心を砕く
見ればかなしも

これは妻節子を歌ったものであろう。家庭的にはワンマンだった啄木の言いつけに叛かぬように努力する節子の姿が眼に見えるような歌だが、彼女はこれまで、ただ忍従の生活を強いられて悲しい生涯を終えたことを思うと、心からの同情を捧げなければいられない。

花散れば
先づ人さきに白の服着て家出づる
我にてありしか

この歌は特に優れているとは思わないが、少年時代の彼の颯爽とした姿をみる想いがする。しかし前に述べた、

あたらしき背広など着て
旅をせむ
しかく今年も思ひ過ぎたる

と対比してみると面白い。現在の啄木は病苦や貧苦と闘っている日々だから、背広や旅どころではないのである。少年時代をなつかしんでいる歌だろう。

かぎりなき智識の欲に燃ゆる眼を

姉は傷みき
人恋ふるかと

この歌を最初に読んだとき、啄木というのはやはり歌がうまいと思った。姉は弟の真剣な眼差しを見るにつけて、そろそろ恋多き年代に入っているから恋しているのかと誤解したのであろう。下の句の転換はあざやかである。

ふるさとの訛なつかし
停車場の人ごみの中に
そを聴きにゆく

この歌は私には良くわかる。啄木は多少ふるさとの訛りがあったようだから、東京では会話についてかなり気を遣っていたと思う。おそらくこの停車場というのは上野駅だろう。東北の人にとっては東京は上野なのである。東北線の汽車で上京する人達はほとんど東北の人であるから、上野駅には東北弁があふれている。啄木は上野駅に行ってふるさとの言葉に接すれば、なつかしくもあり落ち着けるのではなかったかと思う。

宗次郎に
おかねが泣きて口説き居り
大根の花白きゆふぐれ

この歌は私の好きな歌の一首である。口説くというのは、この場合夫婦であるから、大酒飲みの亭主に泣きながら小言を言っているのであろうか、「大根の花白きゆふぐれ」という下の句がよく効いている。

あめつちに
わが悲しみと月光と
あまねき秋の夜となれりけり

この歌は拙宅の歌碑に採用した歌であるが、私は歌碑に採用する歌については、五つの条件を考えていた。「一握の砂」全歌中条件をクリヤーしたのはこの一首だけだった。
当時の啄木の感慨がよく歌われていると思う。

潮かをる北の浜辺の
砂山のかの浜薔薇よ
今年も咲けるや

彼は函館を去って上京したが、やはり思い出として残っているのは大森浜と砂丘なのだ。岩崎白鯨と二人で高大森の浜薔薇を見にいったときのことを思い出していたのであろう。

函館の青柳町こそかなしけれ
友の恋歌
矢ぐるまの花

青柳町は啄木が住んでいた町だが友人達は毎晩のように集まっては歌や恋の話をしていた。「友の恋歌」というのは、情熱的な歌を詠む岩崎白鯨のことではないかと私は考えている。

しんとして幅広き街の
秋の夜の
玉蜀黍の焼くるにほひよ

札幌の夜の風景を歌ったものだが、屋台で玉蜀黍を焼いて売る風景は今はどうなっているか知らぬが、私の居た頃にも見られた。北海道の風物詩と言える。啄木は初めてみたのであろうか、詩情をさそわれたに相違ない。

かなしきは小樽の町よ
歌ふことなき人人の
声の荒さよ

この歌は一見荒っぽい感じを受けるが、私は漁港の雰囲気が出ていて悪い歌とは思わない。建碑に際し、採用歌について市民投票を実施した結果この歌が一位になったというが、当事者は採用しなかった。小樽の印象を悪くするとでも思ったのだろう。

平手もて
吹雪にぬれし顔を拭く
友共産を主義とせりけり

北海道で暮らしたことのある私はこうした情景はよく眼にした。子供でも同様だが、主義者をもってきたことによって、この人物の豪快さが強調されたように思う。

子を負ひて
雪の吹き入る停車場に
われ見送りし妻の眉かな

周知のことだが、夫啄木が釧路に発つ日、節子は駅に京子と共に送っていった場面であるが、さびしげな彼女と眼を合わした時に、特に眉を強調しているのは、眉にも白く雪が乗っていたのではないかといった気がするのである。北国の吹雪にはそうしたことは常時見られる。

さいはての駅に下り立ち
雪あかり
さびしき町にあゆみ入りにき

この歌は私の好きな歌の一つであるが、それは啄木が釧路に着いたときの心情がよくわかる気がするからである。前年鉄道が着いたような当時の釧路は最果ての地であったから、彼は駅頭に立ってそれを実感したであろう。郊外に駅舎が出来たので人家もまばらだったろうから、何とも淋しい風景に映ったに違いない。

しらしらと氷かがやき
千鳥なく
釧路の海の冬の月かな

この歌は啄木の数少ない叙景歌であるが、秀歌といえるだろう。知人海岸の公園に昭和九年に建碑されているが、どうしたことか、「しらしら」が「しらじら」と二番目の「し」が「じ」と濁点がついていたが最近は訂正されたようである。

火をしたふ虫のごとくに
ともしびの明るき家に
かよひ慣れにき

啄木は釧路で初めて芸者を知った。単身赴任の気楽さもあり、経済的ゆとりのない身にもかかわらず、小奴などと芸者遊びにうつつをぬかしている間に借金はどんどんふくらみ、夜逃げ同然の姿で釧路を去るはめになったが、この歌は当時の生活がよく出ていていい歌だと思う。

頬の寒き
流離の旅の人として
路問ふほどのこと言ひしのみ

この歌は「一握の砂」の中で私の最も好きな歌の一つである。啄木の作歌についての力量を感ずる。周知の橘智恵子を歌ったものだが、彼女とは二度話しただけで、「路問ふほどのこと言ひしのみ」と表現したのであろうが、言外にもっと話したかった、という彼の未練を読み取れる。

君に似し姿を街に見る時の
こころ躍りを
あはれと思へ

これも智恵子の歌だが、そのものずばりと詠んでいて、読者にも彼の気持ちが直接伝わってくる。それにしても智恵子に対する啄木の清純な思慕は、他の女性にはないほどのものであった。

港町
とろろと鳴きて輪を描く鳶を圧せる
潮ぐもりかな

これも啄木の数少ない叙景歌であるが、「潮ぐもり」という言葉は辞書を引くと「潮流の水気のために、海上が曇ってみえる。」とあるが私は見たことがないのでよく理解できない。しかしこの歌からの印象では、鳶を圧すると言うことからすると低く垂れ込めた厚い雲が連想されるのである。この「鳶を圧する」がよく効いていて読者の眼にも風景が浮かんでくるのである。

気弱なる斥候のごとく

おそれつつ
深夜の街を一人散歩す

啄木は体も小さく、そのうえ虚弱体質であるから、深夜の散歩などにはおそれを感じていただろうことは想像にかたくない。「気弱なる斥候のごとく」という比喩がなかなか面白い。

マチ擦れば
二尺ばかりの明るさの
中をよぎれる白き蛾のあり

こうした経験は私も持っているが、これは蛾にかぎったことではない。よぎる虫なら何でもいいとは思うが、「白き蛾」はやはり印象的で、啄木の脳裏に残っていたのであろう。

おそ秋の空気を
三尺四方ばかり
吸ひてわが児の死にゆきしかな

これは僅か二十数日しか生きられなかった長男真一に捧げた挽歌八首の中の一首であるが、短命の表現として「空気を三尺四方」というのはなかなか興味ある表現だと思った。ここには啄木の深い悲しみが込められているのだ。

# 書評

## 三枝昻之氏の「東海歌」について

佐藤勝氏から「歌壇」十一号が送られてきました。その中に三枝氏の「あたらしい啄木」というタイトルで、「東海歌」について、前回の六号と、今回の十一号とで二回述べられているわけですが、最初の六号の記述で、三枝氏のこの歌に対する考えは十分に伝わったと思われるのですが、しかしまた「東海歌」について書かれたということは、私の反論を読まれた結果、再び筆をとられたものと思います。

氏の最初の記述では、「カメラは小島、磯、砂浜とズームインしていって最後は極小の一点の、われと蟹に絞られる。」「特定のある場所は歌の中には存在せず、読み手の中に存在している。」「だから場所は読み手の数だけ存在する。」「『東海の小島』は『東海の小島』と読んでおけばそれで十分だ。」「極端なズームインの中で自分の卑小さをみつめる。」この解釈が前回の記述でした。

それにたいして、今回の記述は、「マクロな視野から始まって、その磯へ、さらに白砂へと風景をズームアップして行き、そこに泣き濡れる卑小な自分を置きさらに卑小な蟹とひと組にする。」また「地球規模のマクロな世界の中のちっぽけな自分。そういう自画像が一首の眼目であり、その小ささを強調するために涙と蟹が用意されているのである。」「つまり発端は発端であって歌が示す場面そのものではない。歌が動きだしたら、素材はもう体験の現場からはなれる。もし啄木が体験の現場にとどまろうとしたら、歌は『函館の大森浜の白砂に』と始まる。」そしてやはり『東海の小島』は『東海の小島』のままでいいのではないか。」以上が今回の記述です。

前回と今回の記述を比較してみると、前回述べられていた、「大切なことは、特定のある場所は歌の中には存在せず、読み手の中に存在している。という点である。だから場所は読み手の数だけ存在する。」とある。私はここを読んだとき、啄木の思いは無視されて、読者の歌なのでしょうか。なんとも不思議な解釈だと思ったのです。しかしこういった記述には問題があると思われたのか、さすがに今度の論考からは、はずされています。その点が違うだけであとはだいたい同様であるように思います。

啄木は場所の決定に上の句十七文字も使って自分の居る場所を歌っているのです。つまり作者は場所を重視していることがわかります。そんな作者の気持ちを無視して、

「特定のある場所は歌の中には存在せず。」としていますが、「東海の小島の磯の白砂に」と言う上の句には「特定の場所」は書かれていません。しかし前稿で私が説明しましたように、少し考えれば、この場所は啄木の愛した大森浜以外にはないことがわかるのです。場所は「読み手の中に存在している。」とか「だから場所は読み手の数だけ存在する。」こんなことを言われたのでは作者啄木は失望するでしょう。これでは場所については読者におまかせ、ということで作者は埒外に置かれて、読者の歌になってしまうのではないでしょうか。上の句が大森浜だという認識があればこうした解釈にはならないと思います。「発端は発端であって、歌が示す場面そのものではない。」この記述にも私は同感できないのです。「歌が動き出したら、素材はもう体験の現場から離れる。」そうした歌もあるでしょう。三枝氏の解釈ではそうなるのでしょうが、「発端の素材」をそのまま使って歌を作る人だっています。「歌は必ず動く」というものではなく、動かす必要のない歌もあるのです。「東海歌」などがそういった歌だと私は考えるのです。だからそう簡単に割切ってもらっても困ります。

また、「東海の歌」の後になぜ大森浜での感慨を歌った歌を九首も続け、しかも編集時に五首をわざわざ作り、「東海の歌」を加えて区切りよく十首にしているのか。この点について三枝氏は全く触れられていませんが、私は啄木が、思い出多い大森浜での感慨を巻頭に結集しようと考えたのだと思うのです。それは、歌集の表題を『仕事の後』から『一握の砂』に変更していること、編集時に大森浜の砂山の歌を五首作って加え十首にしていること。これらはすべて啄木の意思によって成されたことであるから、巻頭に「大森浜」での感慨を結集しようとしたのだと言う他に説明のしょうがないと私は考えるのです。諸家の解釈というのは、「東海の歌」を単独のものとして一首だけを取り出して解釈するために、「大森浜」から離れてしまうのだと思うのです。後に続く「大森浜」での感慨を念頭におかなければ、啄木の意思に添った解釈は得られないものと私は考えます。

また三枝氏は、啄木が体験の現場にとどまろうとしたら、歌は『函館大森浜の白砂にと始まる。』と言われますが、「東海の小島の磯の白砂に」というのは、啄木の居る場所を示しているのてす。これは前に説明しましたように大森浜に居るわけで、何処何処にと言う「に」は彼の居る場所を示しているのですから作者のいる場所と読まないとこの歌はとんでもない方向に行ってしまうような気がします。三枝氏の言われる、「啄木が体験の現場にとどまろうとしたら、歌は「函館の大森浜の白砂にと始まる。」とありますが、「東海の小島の磯の白砂に」は前記したように函館の大森浜以外には考えられないのですから、氏の言われる「函館」をかぶせる必要はないでしょう。「東海の小島の磯の白砂に」と「函館の大森浜の白砂に」を並べてみてどちらも大森浜だというのならば、前者がいいにきまっています。「東海の小島の磯の白砂に」ならわかりますが、「函館の大森浜の白砂に」大森浜は函館に決まっているのですから、重複するような歌に彼がするとは思えません。これでは啄木が考えている歌にはならないでしょう。

私は三枝氏のように、この歌をズームインしていって最後は卑小な我や蟹に持ってゆく解釈もわからぬわけではありませんが、はたして「大森派」の解釈より優れているとは思えないのです。作者は、上の句すべてを場所の設定に費やしているわけですから、作者はここに主題を置いているわけではありません。ならば下の句に主題を求めることになります。それは「われ泣きぬれて」以外にはないのです。ならば、この部分を大切に解釈しなければ、とうてい作者の作歌時の心情に近付くことは出来ないでしょう。三枝氏の解釈もそうですが、大体「象徴派」の解釈はほとんどこの重要な部分を軽く逃げているとしか思えません。三枝氏は「その小ささを強調するために涙と蟹が用意されている。」と述べられていますが、自分の卑小さを見つめる、「卑小なわれ」を自覚したとき、私なら悲しいとか寂しいといった感情に包まれたとしても、多分溜息くらいはつくと思いますが、泣くようなことはありません。「泣きぬれる」といった表現は、「泣く」というよりはさらに強い表現ですから、三枝氏の言う、ズームインして最後は一滴の涙になるのでしょうが、どうして一滴の涙で濡れるのでしょうか、それこそ私は不思議な解釈だと思うのです。解釈というのは、作者の作歌時の作意にいかに、近づけることができるか、というものだと思うのです。しかし、作者の想いなどは横に置いて、読者の想いが先走るといった解釈をよく目にしますが、こうした解釈は作者の作意から離れてゆくことが多いと思います。私は前稿に書きましたように、「われ泣きぬれて」をこの歌の最も重要な部分だと思っていますから、それに相応しい理由が示されなければならないわけですが、これまで諸家の解釈をみても、「大森浜派」の解釈以外では提示することは無理のように感じています。啄木一家はふるさと渋民を追われ、一家離散といった不運によって流浪の民となって函館に安住の地を求めたが、ここでも大火という、予期せぬ天災によって、ふたたび漂泊の人となって、札幌に発つ前の一週間を、彼がこよなく愛した大森浜で感慨にふけったのである。明治四十年九月五日の日記は「大森浜派」としては重要である。「夢はなつかし。夢みてありし時代を思へば涙流る。然れども人生は明らかなる事実なり。」つまり現在彼の置かれるている立場は、一家離散の上、二度の流浪と言う、過酷な運命を背負った、先の全く見えない身であれば、かって渋民で両親の庇護のもとに何の不自由もない暮らしの中で、文学や恋の夢をむさぼっていればよかった時代に現在の悲惨な境遇を重ね合わせるとき、断腸の想いに慟哭したのである。こうした人生にかかわる重要な事実を、「われ泣きぬれて」に求めなければ、到底納得できる解釈は引き出せないと私は考えるわけです。この歌は歌集「一握の砂」の巻頭歌ということもありますが、大体有名になったのは、大衆の支持による力が大きかったとも言えるでしょう。大衆というのは、「象徴派」の解釈を採用しているとは思えません。彼らは「大森浜派」による解釈によっていると考えて間違いないものと思います。この解釈がまちがっているのなら別ですが、その解釈が成立するのであれば、わざわざ壊す必要はないでしょう。そのまま定説として認めるのがベストの選択だと私は思うのです。

## 「東海歌」に関する「三枝説」と「李説」

「三枝昻之説」について、私はこのような説のあることは全く知らなかったが、佐藤勝氏の記述によって知ったのである。この論考が発表されたのは「歌壇」（二〇〇六・六）であるという。つまりごく最近のことなのだ。私はこの「三枝説」を読んだとき、この思考は私とは全く違っていることを感じた。それは、作者啄木がこの「三枝説」のような解釈によって作歌しただろうか、といった疑問であった。作歌時の啄木の想いを全く無視した解釈だと思ったからである。

まず、「東海の小島の磯の白砂に」という部分を三枝氏は、「これは不思議な歌である。どこから見た場面かと考えてみれば、その不思議さがわかる。」とし、「まず示されるのは東海の小島、そしてその磯、さらにその白砂。さらにその一点としてのわれと蟹、画面にはまず地球規模の映像が現れ、カメラは小島、磯、砂浜とズームインしていって、最後は極小の一点のわれと蟹に絞られる。」というものである。つまり氏は「東海の小島の磯の白砂に」という上の句を何処からか眺めている歌だと解釈しているのだと思う。また「カメラが何処にあればこうしたズームインは可能になるのだろうか。」といい、また「当時としてはおよそ非現実的場面設定だが、」といったとらえかたをされているのである。この上の句を、何処からか眺めているといった解釈をするから三枝氏のいう不思議な歌になってしまうのだろう。

私はこの上の句を次のように解釈する。「東海の小島の磯の白砂に」は、作者啄木の居る場所を示しているのであり、何処からか眺めているのではない。それは次に続く「われ泣きぬれて蟹とたはむる」がどこで泣きぬれているのかを示すことによって下の句「われ泣きぬれて」にスムーズにつながってゆくのである。作者が泣きぬれている自分をズームアップして何処からか眺める必要があるだろうか。そんな馬鹿げた歌を作るはずはない。この上の句は明らかに作者の居る場所を示していると考えるのが自然であり妥当だと思う。「われ泣きぬれて」いるのは何処なのかを作者は上の句で示しているのである。上の句には、特定の場所を具体的には述べていないから、この上の句だけでは場所の特定は出来ない。したがって、「特定しないほうがいい」とか「どこでもいい」といった論者が「象徴派」に多くみられるが、その原因は「東海」を「日本」と読むからである。私は具体的に浜の名が入っていなくとも場所の特定は可能だと考えている。「東海の小島の磯の白砂に」という上の句を詠むとき、作者啄木は、何処かの海岸を念頭に描いていたはずである。何もイメージせずに作歌する歌人はいない。この部分を解釈する場合、読者の立場を離れて、作者の立場で考えたほうがわかりやすい。作者啄木は、これまで見た浜を全部頭に描くはずはないから、その中で最も印象に残っている浜を描くであろう。ならばこれは函館の大森浜以外にはないことをエッセイ「汗に濡れつつ」で、「海といふと予の胸には函館の大森浜が浮ぶ。」と啄木が明快に浜の名を提示しているのであるから、この上の句の場所は大森浜だと特定することが出来ると私は確信している。したがって、東海がどうのとか、磯があるとかないとか、蟹がいるとかいないとかなどは、場所が確定すれば関係ないことになる。また私が疑問に思うのは、氏が、「大切なことは、特定のある場所は歌の中には存在せず、読み手の中に存在している、だから場所は読み手の数だけ存在する。」この指摘は作者の想いを全く無視している。作者は上の句全部を使って作者の居る場所を示しているのであるから、作歌時の作者の気持ちを汲んでやらなければ、到底作者の意に添う解釈は引き出せないと思う。この歌は啄木の歌であって、読者の作った歌ではない。それぞれの読者が勝手に場所を作ればいい、などといったことでは、作者啄木をまったく無視している。「場所が読み手の中に存在する。」というようなことは有り得ないのである。「作歌の現場はもっと直感的でアバウトなもの」だと言う。確かに三枝氏の解釈を見ていると、そんな気がするのである。つまり解釈もアバウトな感じを私などは受けている。「直感的」というのはわかるとしても、作歌者が皆々三枝氏と同様に「アバウト」といった作歌姿勢だとは思えない。真剣に真面目な作歌姿勢の歌人もいるだろう。そしてその結論は、「極端なズームインの中で自分の卑小さを見つめる、その自己観察のおもしろさである。」という。氏の解釈の何処に、「われ泣きぬれて」の解釈があるのであろうか。「卑小さをみつめて」泣いているのであろうか。「われ泣きぬれて」は私がこの歌の中で最も重視している部分である。「自分の卑小さを見つめる」程度の歌であろうか。この部分を「泣きぬれる」にふさわしい字句をもって提示できなければ、とうてい啄木が巻頭に掲げる歌にはなり得ないと私は考えている。これまでこの歌には多くの解釈が出ているが、この部分について「大森浜説」以外で納得できる解釈はなかった。つまり皆軽く受け止めているのである。これではこの部分の認識が甘いと思う。作者の気持ちを汲んで解釈していないからである。私はこれまで、「東海の歌」については機会あるごとに述べてきたが、拙著

「続・終章石川啄木」に掲載した論考「東海歌の定説をめぐって」で簡潔に述べているので、貴方の思考とどちらが啄木の気持ちを汲んだ解釈であるかを考えてみてほしい。おのずから答えは出ると思う。仮に、貴方の作った歌を、読者があれこれかきまわして、作者の作歌時の想いを考えずに勝手な解釈をされたとして、それで貴方は満足できますか。啄木とて同じで、到底満足できるわけはない。啄木という歌人は自分の想いの強い作家であるから、ただ風景を眺めているような叙景歌はきわめて少ない。したがってそうした歌に対する関心は低く、「三枝説」のような解釈では、とうてい歌集の巻頭に置ける解釈にはなりえない。以上が私の「三枝説」についての感想である。

次に、最近のことであるが、昨年六月「歌壇」という雑誌に三枝氏は、「新しい啄木」という記事を連載されているが、佐藤氏が拙著の書評に引用されている「東海の歌」に関する「三枝説」は、この雑誌から引用されたものであるという。

一方、李御寧著「『縮み』志向の日本人」という著書に、著者が「東海の歌」について触れているので、すこし長いが引用してみる。

「『東海の小島の磯の白砂に』のくだりには何と『の』がサンドイッチのように三重に重なっています。四つの名詞が『の』の助詞だけで連結されている、そういう奇怪な文章は、韓国では散文にも詩にも見当たりません。」「『の』はすなわち、あらゆる考えや形象を縮小させる媒介語的役割を果たしているのです。」と言い、「東海」の歌を次のように解釈している。「『東海の小島の磯の白砂に』を分析してみると、よくわかります。まず広々とした無限大の『東海』が『の』によって『小島』に縮まってくる。『小島』はまた『磯』に、『磯』はさらに『白砂』にぐんと縮まり、しまいには一点にすぎない『蟹の甲羅』にまで凝縮されてしまうのです。それがまた『われ泣きぬれて』ですから、あの広い東海は結局、涙一滴になってしまうのです。」そして、「だから啄木の詩的本質をなすものは、表層的意味としてあらわされた涙とか蟹とたわむれる心ではなく、『東海』を『蟹』と涙一滴にまで収縮していく、その意識の運動に求めるべきであります。」というのである。

これはあくまでも、外国である韓国人、李御寧氏の感想であって、日本人で、「東海の小島の磯の白砂に」という部分を読んで『の』が三つも連続していたとしても疑問をもつ人はないと思う。たとえば、啄木が、「君は何処に住んでいるの、」と、聞かれた場合、「函館の青柳町の露探小路の奥の家だよ。」と答えたとする。ここには四つも「の」が入っているが、日本人なら別段おかしいと思う人はないだろう。つまり、国が違えば言語も違うわけだし、言葉の使い方に相違のあるのは当然であって、韓国の言語使用法で日本の言語用法の異常を指摘してもあまり意味がないように私には思われる。例えば私が、「静岡の名峰富士の上の空」と言ったとする。この字句を読んでも日本人なら別段奇異な感じは受けないであろう。この文句の中に「の」が三箇所入っている。つまり「東海の歌」の場合と同様である。この文句が、李御寧氏のいう『「の」はすなわち、あらゆる考えや形象を縮小させる媒介語的な役割をはたしている。」に該当するであろうか。私にはむしろ「縮小」というより反対の「拡大」として使われていると思う。それは、一見してわかるように、「静岡」というちっぽけな場所から、「空」という無限大の大きなものに拡大しているからである。李氏はこの場合でも「縮小」だと言うのであろうか。これは日本語であって韓国語ではないから、自国語の使い方などはその国、特有な使い方があるということであり、外国人から批判される必要はないと考える。

私は常に述べているように、「東海の小島の磯の白砂に」の部分は、啄木の居る場所を示している、と、解しているので、「縮小」などはこの場合どうでもいいことなのである。啄木自身がこの部分を詠むときに、はたして「縮小」を意識に置いていたという保証はない。この「縮小」に従うと、最後は「涙一滴」になるという。「われ泣きぬれて」は一滴の涙で泣きぬれると言うのだろうか、涙一滴で泣きぬれるわけはない。「泣く」ならばともかく、「ぬれる」ということになれば、一滴の涙などではない、おそらく号泣したのであろう。

私はたびたび書くようで恐縮だが、「東海の歌」で最も重視しているのはこの「われ泣きぬれて」の部分であると考えているので、若者が泣きぬれるだけの、それ相応の内容を提示していただく必要がある。李氏は縮小の「の」にこだわるばかりで、「泣きぬれる」部分の解釈には全くなっていない。つまり氏は上の句の縮小だけに留意していて、「われ泣きぬれて」の部分などは、一滴の涙といった程度の捉え方なのである。私は啄木が、渋民を追われ、流浪の人として、安住の地を函館に求めたが、ここも大火によって再び流浪の人として去らねばならぬという、先のまったく見えない度重なる不運を背負ったとき、大森浜で涙にくれている啄木の姿が自然に浮かびあがってくる。したがって「東海の歌」については「大森浜説」が最も自然な啄木の想いを汲んだ解釈だと確信しているので、他説を受け入れる気は全くないのである。

私が最初に述べた「三枝説」と、後で述べた「李御寧説」との思考には、きわめて類似している点のあることは、どなたにも気付かれたと思う。「三枝説」では、「先ず示されているのが東海の小島、そしてその磯、さらにその白砂、更にその一点としてのわれと蟹」「最後は極小のわれと蟹に絞られる。」と言う。これに対して、「李御寧説」はどうか、「まず広々とした無限大の東海が『の』によって小島に縮まってくる。小島はまた磯に、磯はさらに白砂にぐんぐん縮まり、しまいには一点にすぎない蟹にまで凝縮されてしまうのです。」この両説は共に、大きいものから漸次縮小して行き、最終的には一点の蟹や涙一滴に絞っている。つまり思考は両者まったく同様であることがわかる。李御寧氏の「縮み志向の日本人」という著書は、昭和五十九年十月十五日講談社文庫から出版されているから、かなり以前のことになる。三枝氏の論考は前記したように昨年の発表であるからごく最近のことである。これはご本人にお聞きしないと確かなことは言えないが、もし三枝氏が、李氏のこの著書を読まれていたならば、李氏の説に同感されて「縮み説」を採用されたのではないか、といった感じを私はもったのである。しかしいずれにしても私は「縮み説」には反対である。

# 西脇巽著『石川啄木東海歌二重歌格論』

西脇氏からの書簡に「今度の本を楽しみにしていなさい」といったコメントがあって、私は正直に楽しみにしていたのですが、届いた本は、私に対する批判に終始し、楽しいものではなく、そして私が納得できる指摘はほとんどなかったのです。

まず「研究期間が長いか短いかを論ずることはあまり意味がない」ということですが、私は大いにあると考えているのです。それは啄木についての知識の蓄積が、短いより長いほうが多いにきまっているからです。というのも、私が最初に書いた頃の論考を読み返してみると、かなりの難点に気付いたり、明らかな間違いも出てきたりするのです。こうした経験はどなたにもあるでしょう。経験期間の長短は、啄木関係に限らず、全ての学問に該当すると考えます。真実の探求には長期の研究が必要ではないでしょうか。

この著書については言いたいことは多いのですが、その全部にふれることは出来ないので、その中で特に目についたものから漸次書くことにします。その中の一章「私に対する矛盾」では、光子の記述について私が信頼出来ないと書いていながら、「そうした本から引用するのは不都合だ」と貴方は言われますが、「光子の記述は信頼出来ない」と私が書いているのは、所謂「不愉快な事件」についての記述で、「節子一人で写した写真を送れ」とか、「匿名の手紙であった」など、光子の言う郁雨の手紙の内容についての記述が信頼出来ない、というのであって、この事件以外の記述について信頼出来ないとは言っていないのです。これは何も光子の本に限った話ではなく、信頼出来ない部分のある本はいくらもあるのです。したがって信頼出来ないと思う部分を除けば、あとはどうということもないのですから、引用したとしても別段不都合だとは思いません。

次に「光子は節子に対して、函館の節子の実家である忠操のもとに帰るように援助すべきであろう。」と述べていますが、節子は啄木の死の間際にも「函館には帰らない」と誓っているから、東京へ残ったのは節子の固い意志であり、光子は節子の意思を尊重して転地を世話しているのです。貴方がかんぐっているような「函館に帰さない策略だ」などといった不順なものではないのです。したがって光子が節子に、函館に帰す支援などするわけはないでしょう。

それから、光子が「京子を世話したい」と申し出た件ですが、これは貴方と私の意見が分かれるのは当然で、貴方は光子と節子がその最初から険悪な関係にあったという立場ですが、私は啄木一族の墓を函館に建設することを光子が知る前までは二人の関係は良好であった、と言う立場なので、貴方は悪い方向に向かうのでしょうが、私は反対にいい方向に進むのです。悪い方向に引き寄せようとする人は、「節子から京子を取り上げる」といった考えにもなるわけで、「取り上げる」ということは、返す気がないということでしょう。この当時の状況を考えてみれば、節子が出産を控えていることを光子は知っていたから、ヤンチャな京子がいたのでは姉も重荷になるだろう、といった配慮からの申し出であると考えるのが素直な考え方であって、光子のような独身で収入も乏しい娘が子供を取り上げてどうするのでしょうか。節子は姉の立場から「光ちゃんは独身で、京子を世話して下さるなんて、そんなことはしないほうがいいのよ、お心はありがたいけれど。」と、姉らしい心遣いを示している。妹は姉を気遣い、姉は妹を気遣う、といった良好な関係を二人の会話から私は読み取るのですが、これは私ばかりではなく、どなたでも同様な考えだろうと思います。この姉妹の関係が最初から険悪であったなどという記述や証言は何処にもないのです。貴方がそう思い込んで自分に都合のいいように論を進めているに過ぎないわけですから、正面切って論争する意味もないように考えます。光子が「京子を世話する」と言ったのは節子の出産が終わる頃までくらいを言ったのだというのが常識的な考えで、「子供を取り上げる」などと言う考えは非常識だと思います。こうした思考は両者の関係が険悪だったということからくるので、険悪だった証明を明確に述べなければ成立しないのです。また私に対して、「女性心理とかとりわけ母性心理などは考えたこともないであろう。」といった記述がありますが、貴方の論理は成立しないのですから、そんなことを私が考える必要はないでしょう。貴方がそうした心理を考えての結論だとすれば、無駄な考えだったということでしょう。

貴方と私の論理の構築にはかなりの相違があるように思います。それは証拠を重視するか軽視するかです。私は証拠を示した上で私見を述べるように心がけていますが、貴方の記述は自分の思い込みだけで証拠は示さぬまま論理を積み上げるので、説得力はないのですから、何時かは崩れ去るのです。科学などでも同様で、論理ばかりでなく、実験をくわえるから説得力が出るので、文学でも同じことでしょう。

また、「贔屓」ということについて述べられていますが、贔屓などという言葉は、論考などには使ってほしくない言葉だと考えます。非学問的な言葉だと思うからです。私が「大森浜説」を支持するのは、贔屓などといった低次元の問題でないことは以前にも書いたと思いますが、あくまでも学問的な結論によるのです。例えば私が函館に居住した経験がなかったとしても、「大森浜説」を支持することにかわりはありません。私が「海といふと予の胸には函館の大森浜が浮ぶ。」という啄木の言葉を重視しているのは、彼が真実の感想を述べていると考えるからで、貴方のように「函館の新聞に書いたものだから、『えこ贔屓論』を完全に消滅させることは出来ない。」という考えは私にはまったくありません。なぜならば、新聞に限らず、彼の歌、随想、小説などから大森浜の記述はいくらでも提示できますが、他の浜についての記述は微々たるものです。この事実は彼が如何に大森浜に関心と愛情を持っていたかを物語るものです。したがって、贔屓などといった記述でないことは明確なのです。私が啄木の「真実の声」だという理由が納得されたでしょう。彼が大森浜に親しんでから、他の場所で見た浜はすべて彼の脳裏から消えて、浜と言えば「大森浜」だけが残ったのです。

砂丘についても書かれていますが、貴方が砂丘の実像を見ていないことから来る疑問が多いように思います。「私の所管では啄木の砂丘は巨大なものではなく、せいぜい大きくても、高さは二—三メートルである。それが砂浜にある砂山としては相応しい大きさである。」ここを読んだとき、私はおもわず失笑しました。こうしたところに砂丘を実際に見ていないことからくる過誤で、私が「砂丘の実態を貴方が見ていないことからくる疑問」と言ったのはこうしたところに見られるのです。大森浜の砂丘というのは、貴方が想像で述べているようなチャチなものではないのです。私も大凡で書いたのでは不安が残りますから、ここはやはり正確な数値を大渕玄一著「函館の自然地理」から引用します。「砂丘については、明治十六年の函館県地理課の測量図によれば、東西が三、二七三メートル、南北は、五〇〇メートル、高さ三十六メートル」とあり、貴方の想像を遥かに超える巨大なものだったのです。だから、砂浜の大小には関係なく、その後方に巨大な砂の山が聳えていたのです。したがって現在海岸にそって出来ている海岸道路などは無論なく、砂丘を除去してから造った道路で、当時は砂丘の下になっていた土地です。こうした数値の明確な事項については、調査した上で記述しないと、貴方のように想像で述べられたのでは実像とは大きくかけ離れて、惨めな思いをすることになるだけです。

次も砂丘関係ですが、「氏の説明では、函館東海岸の砂浜では、新川河口以南には砂丘は存在しないことになっている。氏の発想は、すべてその断定の上になりたっている。しかしながら新川河口以南も砂浜は現在でも、現住吉漁港北端に至るまで続いているのである。そして人家が現在ほど波打ち際まで押し寄せる以前には砂浜の幅は現在よりもずっと広かったことが想像される。とすればその砂浜に氏の概念とは異なった中小の砂山が出来ていたとしても不思議ではないと思われる。」少々長い引用になったが、この記述もすべて貴方の想像であって真実ではありません。大森浜の砂丘がどうしてあのような大量の砂を運んだのか、科学的な理論については私にはわかりませんが、事実関係で述べますと、とにかく風波の作用で砂が堆積し島だった函館山までつながったのは事実で、本土に近いほど砂の量は多く、南に下がるに従ってその量は少なくなっているのです。したがって、本土に近い砂丘が最も高いことからここを高大森と言い、あとは大森としたのです。この砂丘は新川河口付近で終わっています。河口の南隣りは、東川町ですが、ここは低地になっていますから、風波の激しい時には人家が浪をかぶるという理由で堤防を建設しました。この事実は、砂丘が新川河口で終わっていることを示すもので、ここから南下する地域には砂丘は出来なかったという証明になると思います。貴方は砂浜が広ければ砂丘があったとか、出来たのではないかと考えられているようですが、砂浜の中に砂丘が出来るのではなく、砂浜の後方に砂丘が出来ているのです。したがって砂浜の広さには全く関係がありません。貴方の主張する住吉海岸などは低地の東川町よりもまだ南に位置しますから、低地の区域で、砂浜が広かろうが狭かろうが、とうてい砂丘など出来るはずはないのです。もし私のいうことにご不満ならば、砂丘があったという証拠を提示してください。それが出来ないのであれば、住吉海岸に何時までもこだわるのは、むなしい努力をするだけですから、このあたりで断念されてはいかがですか。

次に移りましょう。貴方は「ある時、東京から故郷の盛岡市に帰りたくなったが仙台までしか切符が買えない。」と書かれています。これは啄木が詩集「あこがれ」出版の目的で上京していたときの記述だと思いますが、この月末には節子との結婚式が予定されており、その準備を友人上野広一に一任していたのですが、なかなか啄木が帰宅しないので、上野広一は、東京の友人に「早く啄木を帰せ」という催促を再三していたのです。しかし啄木の動く気配は見られない、啄木にしてみれば、父は寺を追われ、結婚にも資金は必要である。小田島兄弟の協力によって詩集は出来たものの当てにしていた金にはならなかった。啄木はとにかく生活が突然自身の肩にのしかかってきたので、なんとかまとまった金を必要としていましたが、その金が出来ないので啄木もすぐには帰宅できなかったのです。東京の友人達は上野からの催促によって金を持ち寄り十円ほどの資金を作り、丁度そのとき、下級生だった田沼甚八郎が「東北医専薬学科」を受験するため仙台に行くので、田沼を監視役につけて、啄木が上野駅を発ったのは五月十九日の午後七時四十五分でした。啄木には盛岡までの切符だけ与え、残金は田沼が別れるときに渡すことになっていた。貴方が書かれている記事は何処から引かれたものかわかりませんが、正確ではありません。つまり啄木の意思に反して、友人上野の催促によって帰宅させられたのであり、盛岡までの切符は与えられていました。仙台での啄木の行動は、生活者としての彼を考える場合大変重要だと考えていますが、ここでは省略します。

次に川崎むつを氏の件ですが、氏の啄木への情熱はかねてから尊敬していましたが、ただ残念に思うのは青森県の歌碑建設についての態度には少々無理があり、私などは到底納得できるものではないことです。その一例として興味深いのは野辺地の愛宕公園の歌碑建設です。この碑の選歌には、

潮かをる北の浜辺の
砂山のかの浜薔薇よ
今年も咲けるや

を筆頭に六首を候補に考えていたようです。これはおそらく素人が選べるはずはない

ので、川崎氏の選歌によるものと思います。地元の人達は「潮かをる」の歌にこだわったでしょうが、川崎氏はすでに大森浜にこの歌は建碑されていることを知っていたので、この歌がいいことは承知しながら、出来ればこの歌にしたかったのだと思いますが、一応岩城之徳氏の意見を聴取することにしました。岩城氏は、この歌はすでに大森浜に建碑されていること、そして野辺地の歌ではないこと、この二点で当然同意できないとし、次の三首を提示してきたのです。

わが父は六十にして家をいで師僧の許に聴聞ぞする
燈影なき室に我あり父と母壁のなかより杖つきて出づ
友がみなわれよりえらく見ゆる日よ花を買ひ妻としたしむ

この三首の中から、建碑関係者は、「ともがみな」に決定したと岩城氏に通知しました。岩城氏から「この歌をお選びになり結構に存知ます。」という返事を寄せています。したがってこの歌で建碑するのかと思うと、事実は全く違っていたのです。なにを考えているのか「潮かをる」で建碑したのです。川崎氏ほどのベテランが参加していてどうしてこの無茶な豹変に手を打たなかったのか、私は不思議にさえ思うのです。こうした行為は岩城氏の好意に叛くことになり、助言した氏の顔をつぶすことにもなるのです。

こんなことなら岩城氏の助言など仰ぐ必要は全くなかったのです。しかも碑影には「ゆかりの歌を刻みその面影をしのぶよすがとした」と刻んでいます。私は私的な歌碑は別にして、公的な場所に歌碑を建てる場合は、啄木が足跡を残している、というのが絶対条件であり、その土地に何らかの関係がある歌でなければならないと思うのです。野辺地は確かに啄木が足跡を残していますが、歌そのものはこの土地を歌ったものではありません。「忘れがたき人人」の巻頭に掲げられた歌だからです。この章は言うまでもなく北海道での歌を集めています。野辺地の海岸には、浜薔薇が沢山咲いているからなどを理由にしていますが、ならば「北の浜辺の砂山の」と歌っている「砂山」が野辺地の海岸にあるのでしょうか、この歌は大森浜以外の浜とは考えられないのです。したがってこの歌を高大森の浜辺に建碑したのは適切で、野辺地の建碑は不適切だと言えます。これまで川崎氏の建碑態度をみていますと、確証のないまま強引に建碑するといった態度がみられます。例えば最近大間町に「東海の歌」を建碑していますが、啄木が大間町へ足跡を残したという確証は全くありません。地元の人達が宣伝用に啄木碑の建碑を強く望んだとしても、研究者の立場であれば、確証をつかむまで待たせるべきだと思うのですが、なにか川崎氏が率先して事に当っているような印象を私は受けています。その点を残念に思うのです。

私はどなたの論考でも意見の違う場合はすべてに反論していますが、これはいろいろの考えを示すことによって、啄木学の進歩につながると考えているからです。無視するとか、遠慮するといった態度もありますが、そうした人ばかりでは進歩は望めないのではないでしょうか。そのためなら、私は悪者になってもいいとさえ思っているのです。しかし認めてくださる読者も多いので、それが支えにはなっています。したがって喧嘩が好きだなどと思われるのは心外です。私が驚いたのは次の記述です。「批判的に書いている文章を何度読んでも、私にとっては殆ど説得力がない。むしろ私の見解の方が正しいことを証明してくれているようなものとして有難く思われるほどであり、私の見解は微動だにに変わることはないのである。」これはたいした自信ですが、自信と過信は同一ではありません。またこの指摘はどの部分をいわれているのか、具体的でないのでわかりません。貴方の記述に同感、つまり説得力があればの話ですが、どうして貴方の記述にそのつど反論を書かなければならないのか、これは説得力がないことに原因を求められます。私の新著に「本に関する私の四か条」という随想があり読まれたと思いますが、文章を書く上での私の姿勢がわかると共に、説得力を重視していることもわかるでしょう。これまで私の文章について、説得力があるという評価を読者から多数頂いていますが、説得力がないと言われたのは貴方が初めてです。ある研究者の一例を示しますと、「井上様の『終章石川啄木』の送付がありました。かねがね井上様の文章を手本としている私にとって、この上ないものでした。井上様はやはり文章のはこびがうまいのです。それに説得力があります。」といったものですが、説得力については私もある程度の自信をもっています。それは記述にあたって、ノンフィクションを大切にしていて、脇を固める資料を可能な限り添える努力をしているからで、そのあたりが貴方と違う点です。私についてあれこれ批判しているようですが、見当はずれが多いので、私は全く痛痒を感じません。貴方の記述は思い込みが強く、そのまま突っ走るといった感じを受けます。例えば、節子と光子の関係にしても、その最初から険悪であった、という立場のようですが、私はその最初からではなく、啄木一家の墓碑建設を光子が知った以降であると述べました。それ以前は良好な関係にあったということについては、二、三の証拠になる記述を示して述べているのですが、貴方は「両者の関係はその最初から険悪だった」という証拠を全く提示せぬまま述べているのですから、自分がそう思い込んでいるだけに過ぎず、説得力はありません。また記述に一貫性のない一例を示しますと、光子が「コルバン夫婦を紹介して房州で療養させたのは、真の好意からではなくて、節子の実家があり、郁雨が存在している函館へ行かせないための策略と考えたほうが理解しやすい。」と述べながら、貴方が言う「忠操恐怖症」では「啄木が節子を函館に行かせたくなかったのは、郁雨がいるからではなくて忠操が居るからであることは明らかなのである。」とその場その場で都合のいい書き方をされたのでは、思考に一貫性が欠如していると云われてもしかたがないでしょう。こうしたケースをみても説得力がないということになるのです。

次に小説「漂泊」記載の荷馬車について必要な部分を引くと、「三台の荷馬車が此方へ向いて進んでくる。浪が今しも逆寄せて、馬も車も呑まむとする。」「見るまに馬の脚を噛み車輪の半分まで没した。」「復浪が来て、今度は馬の腹までも噛もうとする。馬はそれでも平気である。」小説にはこのように記されている。この文章に対して、西脇氏はつぎのように疑問を提示しています。「この近辺の砂浜で荷馬車が、車輪の半分くらいまで、或いは、馬の腹まで浪が押し寄せるまで海の中に入っていく意味が了解できない。」「このあたりの海は遠浅にはなっておらず、直ぐに深場となっており、このあたりで海の中に入ることはあまりに危険なのである。」と述べている。これも西脇氏が実景を見ていないことからくる勘違いで、これでは「海中に入っていく意味が了解できない。」と言われるのも当然だと思います。小説には、荷馬車が海に入っていくなどとは一言も書いていません。ようするに貴方がそう判断しているだけです。この件について説明しましょう。大森浜に面した高森、宇賀浦、砂山の三地区には馬車で仕事をしている馬方という馬車引きが多数居住していました。したがって仕事に出る朝にも帰宅する夕べにも大森浜を通っていたのです。小説に書かれている場面はそう難しいことではなく簡単なことです。馬車は海岸端を多分帰宅していたのでしょう。私が前に述べましたように時に大波が来るので、運が悪ければその大波を被ることがあるのです。小説の記述、「車輪の半分まで没した」とか「馬の腹までも噛もうとする。馬はそれでも平気である。」というのは、車輪の半分とか、馬の腹くらいまで浪をかぶったということでしょう。馬は日常時々そうした目にあうので慣れているから平気なのです。実景を見ている私は全く疑問などは持たないのですが、西脇氏は実景をみないで想像するから疑問が多く出ることになるのでしょう。

この原稿を出版社に渡してから、学会の「研究年報十一号」が届いた、その中で西脇巽著「東海歌二重歌格論」の書評を小林芳弘君が書いている、この書評での問題点を指摘しておきたい。彼の記述「この問題を解決するための目的で、実際に現地を見ようとしたかどうかの差が決定的なのだという気がした。『漂泊』の中の『忠志君の頭の上に…函館山が…いと厳かに聳えて…山の中腹の…松林の下に…公園の花は今を盛り』に見える場所は新川河口の大森浜であるはずがない。」と言うが、この疑問は、私の記述を正確にまた入念に読んでいないことからくる疑問でしょう。まず第一に、現在の現地をいくら歩いて見ても、啄木が見た頃の大森浜とは全く違っているのだということが全く解っていない。つぎには砂丘の有無です。戦前の地形と違って、今では砂丘が全くないのです。啄木らは砂丘の上からみているから遠方まで見えるのであって、浜をいくら歩き回っても見えるはずはありません。また「井上の解釈は、過去の記憶をたどったものにすぎないと思われる。何度も現地を訪れたうで構築した著者の論考とでは比較にならず、井上に全く勝ち目はない。」というのには、少々あきれもしたのです。啄木のいた頃は過去ではないのですか。過去を知らない西脇、小林などの若い人に過去について考えろというのはやはり無理なのでしょう。勝ち目のないのは貴方たちの方でしょう。

# あとがき

　私はここ二十余年啄木について書き続けてきましたが、昨年『続終章石川啄木』を出版した時点で啄木研究については中止したいと思っていました。これまで出版は大体三、四年に一冊ほど出していたのですが、八十半ばを過ぎる年齢となっては、先の全く見えない現状ですから、以後一年勝負のつもりで、気になっていることはその歳中に結果を出すことにして、ここ三年間は毎年一冊出版してきました。その後も気になる文献が出てくることから、そのつど私は自説を書いたものが数件あり、そうしている時に、ふと気付いたのが「野口雨情」のことでした。「解説」でも述べましたように、この人物の実像を捕らえたいという希望を以前から持ってはいたのですが、啄木を優先していた関係でなかなかその機会はこなかったのです。しかし一応啄木を中止したので、昨年末から念願の雨情研究に入ることが出来ました。これは「解説」でも書きましたように「断章風」の形式を初めて採用したのですが、多分読者にとっては読み易く、解り易いのではないかと思っています。これで気になっていることは大体終了したように思います。幸か不幸か、何もせずにぼんやりと日を送ることの出来ない性格ですから、手の動く間は何かしら書くだろうとは思いますが、もう本を出す気は全くありませんから、こんどこそ「これが最後の本になることだろう。」と書かせていただくことにします。これまでに文献や資料を多くの方から寄せていただきましたことに対しこの場を借りて厚くお礼を申し上げます。

また今回の「野口雨情」につきましては、すでに山下多恵子様が、「啄木と雨情」という長文の論文を「北方文学」五十号に発表されていて、参考にさせていただきました。そのうえ、貴重な文献を貸して頂き、出版に際しては校正に協力してもいいといったお申し出まであり、校正ベタの私にとっては有難いことです。そのようなことで、山下様には心からの感謝をささげます。また出版にさいしては溪水社木村逸司社長にもお世話になりました。記してお礼を申し上げます。

平成二十年五月二十日

一景望舎にて　著　者

著　者
井上信興（いのうえのぶおき）
大正10年10月広島市生まれ。医師。
戦前啄木ゆかりの地である函館に居住し、盛岡で学生生活を送ったことから啄木に関心を持つようになる。
昭和30年頃から啄木研究を志し、以後文献に親しむ。
昭和57年以降小論を各種の新聞雑誌に発表して現在に至る。
国際啄木学会会員。関西啄木懇話会会員。

著　書
「啄木私記」　昭和62年8月（溪水社）
続「啄木私記」　平成2年2月（そうぶん社）
新編「啄木私記」　平成4年8月（そうぶん社）
「啄木断章」　平成8年5月（溪水社）
「漂泊の人」　平成13年1月（文芸書房）
「薄命の歌人」　平成17年4月（溪水社）
「終章石川啄木」　平成18年6月（溪水社）
「続終章石川啄木」　平成19年8月（溪水社）
「石川啄木事典」国際啄木学会編　平成17年9月（共著）（おうふう）

現住所
広島県廿日市市阿品3丁目10番1号（〒738-0054）

野口雨情そして啄木

平成20年 7 月 1 日　発行
著　者　井 上 信 興
発行者　木 村 逸 司
発行所　株式会社　溪 水 社
広島市中区小町１－４（〒730-0041）
電話（082）246－7909
FAX（082）246－7876
E-mail：info@keisui.co.jp

ISBN978-4-86327-022-0 C0092